袁筱一 许钧 主编

Chants d'ombre

Léopold Sédar Senghor

阴影之歌

［塞内加尔］桑戈尔 著

袁筱一 褚蔚霖 王婉媛 袁丝雨 译

上海译文出版社

非洲法语文学：边界、历史与问题

——『非洲法语文学译丛』序

对于"非洲法语文学",我们可以有一个很简单的"望文生义"的解释,那就是来自非洲的作家用法语写成的文学作品的总和。即便这样的释义排除了早期非洲的法国殖民者翻译和编撰的非洲口头文学,例如在 1828 年出版的《塞内加尔沃洛夫族寓言故事》(*Fables sénégalises recueillies de l'Ouolof et mises en vers français*),这一文学的历史仍然可以向前追溯将近两百年的时间。1853 年,混血的塞内加尔布瓦拉神父(L'abbé Boilat)完成了近五百页的《塞内加尔草图》(*Esquisses sénégalaises*),这部带有民族志意味的作品已经蕴含了非洲法语文学的萌芽,因为我们很快就会看到,从非虚构到虚构,从随笔到诗歌,从诗歌到小说,非洲法语文学很快就覆盖了几乎所有的体裁,并且再也不容"法国文学"忽视。

只是作品的诞生并不意味着一种独立的文学就此成立。事实上,非洲法语文学在上世纪五十年代末期进入"法语文学",只在《七星百科全书》(*Encyclopédie de la Pléiade*)的"法语文学卷"里占了差不多十几页。当然,这并不意味着进入"法语文学史"——在非洲法语文学还未对法语文学提出问题之前,"法语文学史"在某种意义上并不存在。瑞士的、加拿大的法语文学并不特别构成一个具有整体性的"法语文学"——就是非洲法语文学取得合法性的开始。然而有趣的是,七十年代由苏联高尔基世界文学研究所集体编撰,译成汉语逾五十万言《非洲现代文学》中,非洲的法语文学却已经得到了较为详尽的描述,许多在 20 世纪七十年代之前的非洲法语作家都在该书中占有一定位置。或许就是所谓选择事实、判断事实,并且为读者提供何种角度,从而"激励去发现在每一个历史背后的合理性"[1]的问题。将两个在时间上相距不远的文学史书写事件联系在一起让我们清楚地看到，因为并非民族文学的产物，时时处在变化之中的非洲法语文学在要求得到合法性定义的过程中，也对此前建立在民族或者国别文学之上的"世界文学"的合法性不断发起冲击，呼唤另一种阅读、审视与书写世界文学的模式。

我们对于非洲法语文学的翻译与研究也寄身在这一背景之中。因此，在"非洲法语文学译丛"出版之际，我们觉得有必要首先对大多数中国读者并不熟悉的非洲法语文学的地理边界、历史及其所包含的问题做出界定和说明。

一、模糊的边界：非洲的还是法语的？

高尔基世界文学研究所的《非洲现代文学》选择了国别文学这一在上世纪颇为流行的"外国"文学史的做法，这就使得非洲法语文学作品散落在不同国家或者地区的文学里，尤其是北非以及西非，例如阿尔及利亚、摩洛哥、突尼斯，或者塞内加尔、马里、象牙海岸（今译科特迪瓦）等。或许这一做法有效地避开了非洲法语文学的地理边界问题，同时也彰显了编撰者的批评立场，即并不将非洲法语文学当作一个整体来对待。由是，列奥波尔德·塞达·桑戈尔（Léopold Sédar Senghor）是塞内加尔的作家，波里·哈苏梅（Paul Hazoumé）是达荷

---

1. 海登·怀特著、罗伯特·多兰编，《叙事的虚构性：有关历史、文学和理论的论文（1957—2007）》，马丽莉、马云、孙晶妹译，南京大学出版社，2019年版，第73页。

美的（即今天的贝宁），沙尔·诺康（Charles Zegoua Nokan）是象牙海岸的，等等。他们越过了"法语"这一语言和文化的边界，从属于更大的非洲文学。

首先突出非洲法语文学中的非洲属性，当然是一种选择。这是我们熟悉的，假设为稳定的地理边界。只是这一选择暗含着一个命题，即非洲法语文学与非洲英语文学、非洲豪萨语文学或非洲斯瓦希里语文学是并列的、同质的，并且一旦形成，从此就可以形成传统，像我们熟悉的国别文学一样代代相传，然而我们都清楚，事实并非如此。即便与非洲法语文学的另一个"法语的"文化属性相比，或许这一地理属性也并非我们想当然的那么稳定。其不稳定性主要源于两点：首先是因为始于 15 世纪中叶的奴隶贸易早就使得文化意义上的非洲溢出了地理边界上的非洲；其次则在于，正如李安山在《非洲现代史》一书中指出的那样，"将非洲作为一个整体进行分析并不科学[1]"，因为殖民的原因，"非洲是国家最多的大陆"，非洲各国在人口、宗教信仰、语言文化、经济发展以及独立的历史进程等方面千差万别。第一点导致了文学地理意义上的非洲毫无疑问大于政治地理意义上的非洲：除了非洲大陆 21 个用法语作为官方语言的国家，6 个将法语视作通用语言的国家之外，加勒比地区因其与法国之间千丝万缕的关系，也仍然是欧洲和北美洲之外盛产法语文学的地区。第二点则使得哪怕在地理上同属于非洲大陆，甚至同属于非洲大陆的同一板块，例如北非地区，在法语文学方面的产出也是极不均衡的。《非洲

---

1. 李安山著，《非洲现代史》，华东师范大学出版社，2021 年，前言，第 5 页。

现代文学》的章节划分极为清晰地反映了这一不平衡性。非洲法语文学主要散落在五章的内容中，北非的阿尔及利亚、摩洛哥和突尼斯均独立成章，塞内加尔、象牙海岸、几内亚、达荷美、喀麦隆、刚果（布）、马里和中非共和国则共同构成西非一章，另外还有单独成章的马达加斯加（1975 年之前为马尔加什共和国），其他法语国家和地区则未有涉及。高尔基世界文学研究所的做法显然有置身该文学之外的"外国文学"研究的立场，但是，值得一提的是，1990 年，法国著名的非洲文学学者雅克·谢夫里埃（Jacques Chevrier）的研究著述《非洲文学：历史与主题》(*Littérature africaine: Histoire et grands thèmes*) 也采取了类似视角，将非洲法语文学与非洲英语文学并置，虽然非洲英语文学在该书中只占有百分之十的篇幅[1]。

与突出非洲属性相对的，则是突出法语属性的另一种立场。这一立场打破了地理的边界，倾向于区分"黑非洲"与北非马格里布地区，在早期的法国文学史书写中，"黑非洲"的法语文学通常还会因其起始阶段的"黑人性"运动容纳进加勒比的塞泽尔（Aimé Césaire）或是达马斯（Léon Damas）。《法语文学 III·黑非洲与印度洋卷》(*Littératures francophones III. Afrique noire, Océan Indien*) 为我们列出了一系列相关的指称：1974 年，出版了雅克·谢夫里埃的《黑人文学》(*Littérautre nègre*)，将安的列斯群岛（海地以及仍

---

1. 参见米歇尔·奥塞尔（Michel Hausser）、马丁·马修（Martine Mathieu）著，《法语文学 III·黑非洲与印度洋卷》(*Littératures francophones III. Afrique noire, Océan Indien*)，贝林出版社（Belin），1994 年，第 10 页。

然属于法国海外省的马提尼克和瓜德罗普)、非洲和马达加斯加的法语文学统统囊括在内;1976 年,罗伯特·科尔纳凡(Robert Conevin)出版了《黑非洲法语文学》(*Littératures d'Afrique noire de langue française*),标题中的"文学"采用了复数形式,分国家论述"黑非洲法语文学",也以此赋予了复数形式以合理的解释;1980 年,刚果小说家和教授马库塔-姆布库(Makouta-Mboukou)所著的《黑非洲法语小说导论》(*Introduction à l'étude du roman négro-africain de langue française*)又恢复了法语小说的单数形式,认为黑非洲的法语小说事关"一种"新的、特别的文学;1985 年,则出版了《1945 年以来的法语文学》,从而将黑非洲法语文学视为包括瑞士法语文学、比利时法语文学甚至是犹太法语文学——例如我们会想起 2004 年凭借《法兰西组曲》的遗稿获得雷诺多文学奖(Renaudot)的内米洛夫斯基——的法语文学的一部分[1]……

无论是法语在前,还是非洲在前,都不能解决异质、多元和不平衡的非洲法语文学所带来的矛盾。倘若我们把整体性的问题放在一边,只取地理的维度,倒也并不是说不清楚。这一有别于瑞士、比利时或者加拿大的法语文学,主要关乎四块地方:其一是"黑非洲"(即撒哈拉沙漠以南地区)的法语地区,李安山所谓的"西非板块",是法国或者比利时在西非的旧时殖民地;第二块则是北非的法语地区,也称马格里布地区;第

---

1. 参见米歇尔·奥塞尔、马丁·马修著,《法语文学 III·黑非洲与印度洋卷》,贝林出版社,1994 年,第 10—11 页。

三块则是印度洋的岛屿，包括马达加斯加、毛里求斯和留尼汪；最后一块则在地球另一端的加勒比地区，包括安的列斯群岛和圭亚那。诚然，加勒比不属于地理意义上的"非洲"，但源于15世纪中叶的奴隶贸易却将这块地域与法语文学和文化联系了起来，并且成为最早的"黑非洲"文学的发生地。

加勒比几乎是一个象征，预示着非洲法语文学作者们流散的命运。因为奴隶贸易、殖民以及后殖民时代的到来，留下的和出发的几乎随时可以发生变化，非洲法语文学作者们的唯一共同点只在于，无论是20世纪初离开马提尼克来到巴黎，最后又回到马提尼克的塞泽尔，还是在2024年才辞世不久、从瓜德罗普来到法国，继而前往非洲、在美国执教，最后回到法国和瓜德罗普的玛丽斯·孔戴（Maryse Condé），非洲法语文学的作家们都会在法国或者法语文化的时空下或会聚，或交错。以至于在21世纪的今天，勾勒非洲法语文学的边界似乎是一件不可能的事情。因为即便从地域上廓清了非洲法语文学，我们仍然可以追问无穷多的问题：例如如何定义非洲法语文学作者的身份？肤色吗？国籍吗？出生在阿尔及利亚、小说的背景亦会根植于阿尔及利亚的加缪属于非洲法语文学的作者吗？或者，在法国出生、长大，却时不时会回到"非洲主题"的玛丽·恩迪亚耶（Marie NDiaye）属于非洲法语文学吗？更困扰我们的可能是，"黑人性"运动无疑奠定了非洲法语文学渐渐成为一个整体的基础，但是，来自至今仍然是法国海外省的马提尼克的塞泽尔是"非洲"法语文学的作者吗？如果塞泽尔是，那么，声称自己就是法国人，并且提出了"克里奥尔化"概念的爱德华·格里桑（Édouard Glissant）是"非洲"

法语文学的作者吗？

二、非洲法语文学的历史与现状

脱离了历史，非洲法语文学的地理边界在某种程度上并没有太大的说服力。

作者来自非洲的或是与非洲相关的，用法语写成的，隐含着"黑人"种族（或者本土居民的）以及由此带来的一系列问题——无论地点是在哪里，欧洲、美洲或者非洲——这是对非洲法语文学的较为宽泛的界定。

如果我们同意这样一种界定，非洲法语文学在不同地区或者国家出现的时间当然也是不同的。开始较早的是加勒比地区：海地的第一部法语小说在1859年就已经出现，是埃梅里克·贝尔若（Émeric Bergeaud）的遗作《斯黛拉》（Stella），在当时海地独立斗争的背景下，小说号召黑人和混血儿联合起来共同抵抗法国的殖民压迫。但是海地的法语诗歌创作则开始得更早，并且在很长时间都是加勒比地区法语文学的主流体裁，虽然因为诗歌创作的场景往往比较分散，很难说清楚第一首用法语创作的诗歌究竟创作于何时[1]。而西非早期由黑人创作

---

1. 克里斯蒂娜·恩迪亚耶（Christiane Ndiaye）主编的《法语文学导论》（*Introduction aux littératures francophones*）一书中，茹贝尔·萨迪尔（Joubert Satyre）在《加勒比》一章中提到，海地最早的法语诗歌或许可以追溯到1749年，杜维维埃·德·拉玛奥提埃（Duvivier de la Mahotière）的《离开平原的幼鲭》（*Lisette quitté la plaine*），但该诗的语言并不是严格意义上的法语，而是加勒比当时已经渐渐形成的另一种杂糅了法语、英语和当地语言的克里奥尔语。具体可参见克里斯蒂娜·恩迪亚耶著，《法语文学导论》，第167页。

的"文学作品"则较早也可以追溯到 1850 年,"塞内加尔当地人"列奥博尔德·帕奈(Léopold Panet)发表在《殖民杂志》(*Revue Coloniale*)上的一篇游记《乘坐"莫加多号"赴塞内加尔的一次旅行》[1]。

然而在 19 世纪,这些零星的、没有后续的法语文学却并不能形成一个具有整体意义的"非洲法语文学"。当时这些地区的被殖民处境也制约了非洲法语文学的发展,从而让具有萌芽性质的作品只是被当成法国文学极为边缘的一部分来看待,其价值取决于法国读者对于"异国情调"的趣味。对于文学史家来说,这个问题转化为另一个:"非洲法语文学"的源头究竟在于非洲文学呢,还是在于法语文学?在于非洲的口头文学,例如游吟诗人、非洲戏剧,甚至宗教意义上的艺术表演,还是在于已经发展到浪漫主义和现实主义的法国文学?《法语文学 III·黑非洲与印度洋卷》的作者指出,"有些人试图在842 年的《斯特拉斯堡宣言》中追溯非洲法语文学的诞生",但是另一方面,在 1808 年,格雷瓜尔神父(L'abbé Grégoire)就已经用《黑人的文学》来证明非洲法语文学更为深刻,并且有别于法国法语文学的传统[2]。

到了 20 世纪初期,已经有一些重要的作品出现,显示出非洲法语文学发展的潜力。例如赫勒·马郎(René

---

1. 参见罗伯特·科尔纳凡(Robert Cornevin)著,《黑非洲法语文学》(*Littératures d'Afrique noire de langue française*),法国大学出版社(PUF),1976 年,第 109 页。
2. 参见米歇尔·奥塞尔、马丁·马修著,《法语文学 III·黑非洲与印度洋卷》,贝林出版社,1994 年,第 17 页。

阴影之歌

Maran）被冠之以"一部真正的黑人小说"的《霸都亚纳》（*Batouala*）。这部小说得到了 1921 年的龚古尔文学奖，在法国也算是轰动一时。只是在非洲法语文学的合法性尚未得到承认的时候，作者的声音也没有得到更加全面的理解。马郎期待着"从此之后，只要我开口就没人再敢提高嗓门"，然而他却陷入了困境，因为他的作品尽管非常温和，但"对于他揭露的体制而言是难以忍受的"[1]。

　　暂时搁置这一矛盾需要等到 20 世纪三十年代的"黑人性"运动，两种源头真正地汇聚在一起。黑人大学生从与非洲相关的各个地方来到巴黎。在 19 世纪末美国黑人文化复兴运动的影响下，来自加勒比和西非的黑人大学生找到了写作的一致目标：复兴黑人文化，提升黑人文化的价值，以此来反对甚嚣尘上的种族歧视。埃梅·塞泽尔 1935 年在《黑色大学生》杂志中率先创造了"黑人性"一词。到了三十年代末，桑戈尔对"黑人性"做出了回应。《阴影之歌》（*Chants d'ombre*）的诗集中，出现了"黑人性"（《愿科拉琴和巴拉丰木琴为我伴奏》[*Que m'accompagne kôras et balafong*]），但是更重要的是，出现了无数与白色相对的"黑色"的意象：黑色的森林、黑色肌肤，是"白皙的双手""摧毁帝国""使我陷入仇恨和孤独"（《巴黎落雪》[*Neige sur Paris*]）。团结在一起发出的声音不再如当年的马郎一般孤单，在当时的环境下，也争取到了巴黎主流文学界的同情。

---

1. 阿明·马鲁夫（Amin Maalouf）著，《赫勒·马郎或先驱者的困境》，《霸都亚纳》2021 年版序言，阿尔班·米歇尔出版社（Albin Michel），2021 年，第 13 页。

如果说对于"非洲法语文学"的定义始终模糊，大家在这一指称上达成的重要共识的时间却是清晰的：诗人们发起的"黑人性"运动成为"非洲法语文学"的开端。正是因为其模糊性，"黑人性"这样一个同时具有政治性和文化性的概念暂时弥合了来自不同地方的黑人大学生之间的分歧；而一部分欧洲知识分子，面对即将陷入战争或已经陷入战争或才走出战争的法国与欧洲，也开始反思所谓进步的文明。从20世纪三十年代末到四十年代，"黑人性"运动的领袖们都围绕着马郎开了头的"黑人"的话题，完成了一系列的重要作品，例如塞泽尔在1939年首先发表在杂志上，后来五十年代才在非洲存在出版社出版的《还乡笔记》（*Cahier d'un retour au pays natal*）；同样写作于三十年代末的桑戈尔的《阴影之歌》等等。四十年代末，"黑人性"运动的创作达到了高峰。1947年，达马斯在法国瑟伊出版社（Seuil）出版了他的《法语诗集》。第二年，桑戈尔也在法国大学出版社出版了著名的《黑人和马达加斯加法语新诗选》。尤其是后者，因为萨特的加持，取得了极大的成功。在《黑色的俄耳甫斯》一文中，萨特为到目前为止只停留在文学意象上的"黑人性"给出了一个比较清晰的解释，即"黑人思想和行为中共有的某种品质"。这篇堪称"黑人性"宣言的序言让黑非洲的诗人们聚集在了同一面旗帜下。

因而，这一代诗人虽然日后同样饱受争议，但是他们却奠定了非洲法语文学的基础。从此，被攻击也罢，被拿来暂时做一面斗争的旗帜也罢，非洲法语文学总算有了成为一个整体的理据，开始拥有自己的历史。而历史一旦揭开序幕，就必有后来。从"黑人性"运动到20世纪七十年代各国的独立战争陆续发生并渐渐告一段落，反殖民的话题成为非洲法语文学第二个阶段的共同核心，顺利地将非洲法语文学的历史延续了下来。文学作为一种证词，记录下被殖民的历史，或是在独立战争期间的现实。正是在赋予自身明确任务，并且对共同需要面对的黑人的命运进行思考的过程中，非洲法语文学没有因为当初的"黑人性"运动的领袖的离散而消失：塞泽尔回到了马提尼克，桑戈尔成了独立之后的塞内加尔共和国的第一任总统，达马斯也在法属圭亚那、法国和美国之间奔波，但是无论在哪里看到的现实，黑人一样免不了悲惨命运。文学必须要做出解释，甚至为黑人、为被压迫的人寻求解放的道路。出生于马提尼克，在巴黎完成精神分析博士学业，后来成为阿尔及利亚医院的精神分析科负责人的弗朗茨·法农（Frantz Fanon）宣称作家"注定要进入他的人民的内心"，或许比此前的第一代非洲法语文学的作者们更清晰地昭示了非洲法语文学的独特使命。

但独立之后的非洲法语文学的命运又将如何呢？殖民毫无疑问已经被宣判为非正义的以及"政治不正确的"，这是否预示着非洲法语文学的共同目标已经得到了解决？只是诚然如我们所看到的那样，在很多非洲国家，独立战争带来的是幻灭。依然是如《法语文学 III·黑非洲与印度洋卷》所言，"（非洲法语文学的）未来取决于非洲的法语——或者加勒比的法语——以及法语在非洲的发展与命运，取决于当地语言的命运，取决于图书市场，取决于（新）媒体的扩展与变化"[1]。变

---

1. 参见米歇尔·奥塞尔、马丁·马修著，《法语文学 III·黑非洲与印度洋卷》，贝林出版社，1994 年，第 131 页。括弧内的文字为作者所加。

化已经产生，写作者个体的命运和足迹不尽相同，他们表述非洲和非洲人的方式也不尽相同，很难再用统一的发展逻辑加以概述。唯一可以加以简要说明的是，在上世纪末到今天的近半个世纪的时间里，随着后殖民时代的到来，非洲法语文学在不断产生新的问题，并且试图从不同角度回答这些问题。非洲法语文学作者的流散不仅没有导致非洲法语文学的死亡，相反，因为其共同的两个源头——"非洲的"和"法语的"——的不断碰撞，总是在激起新的思考，呼唤新的写作方式。对于出生在法国的非裔作家而言，他们拥有第一代写作者的"他者"目光，他们笔下的"自我"和"他者"完全是颠覆性的；加勒比的法语作者们借助法国思想家的理论思考，提出了杂糅的"克里奥尔化"的概念，从"他者"与"自我"不断共生的角度论证了自身所属的文化未来，而不再只是从一味维护和伸张"黑人性"和"非洲性"的角度出发；而出生于非洲的法语写作者们与"法语的"语言和文化之间的关系也发生了巨大的变化。新一代的写作者几乎都拒绝了这样或者那样的标签，但在写作的时候都加强了"与非洲相关"这一源头性因素，使之重复出现在读者、媒体和批评界的眼前，因而也在不断提醒非洲法语文学的存在。

三、非洲法语文学的重大主题与理解当代世界的别样角度

非洲法语文学之所以能够作为"一种"文学（*une littérature*）存在，或者说，一种复数的、随时都在变化的文学（*une littérature plurielle, changeante*）存在，其根本并不

在于写作者毋庸置疑的身份（例如国籍、出生地甚至种族），也不在于已经发展了数个世纪、传统被一再定义、一再被经典化的文化，而是在于这些来自世界各地、在精神上将非洲认作故乡的写作者们书写的经验都围绕同样的问题展开。我们能够清晰地认出这些尤其属于——但并不是只属于——非洲文学的问题：历史、身份、性别、文化杂糅……如果我们将"黑人性"运动理解为非洲法语文学的开端，也就不难理解，作为殖民的产物，非洲法语文学与世界化的背景密切关联。一切都是从移动开始的：殖民，被殖民，殖民后。有主动的出击与侵占，也有被动的出走与回归——以及无法回归。是移动带来了身份问题，也是移动使得新一代的作者有了重新思考不同的性别、种族和文化实体之间权利差异的问题，是移动打破了文化的固有边界，产生了文化的杂糅，以碎片的方式而不是以"教化"或者征服的方式渗透在我们生活的方方面面……

在非洲法语文学的不同阶段，这些问题会呈现出不同的面貌。非洲法语文学中有永远的"异乡人"，回到非洲的法国人是"异乡人"，在法国的黑人也是"异乡人"，甚至去到非洲寻根的加勒比人也是"异乡人"。当塞泽尔写道，"他们不知远游只知背井离乡/他们越发灵活地卑躬屈膝/他们被驯化被基督教化/他们被接种了退化堕落……"，叙事者毫不犹豫地用了"他们"这样的第三人称。当《三个折不断的女人》(*Trois femmes puissantes*) 中的诺拉（Nora）来到父亲所在的塞内加尔，"有点讲不清父亲家究竟住在什么地方"，因为"她只知道大概的地址，街区的名字，E区，但二十年来那里建起了那么多幢别墅，她又没怎么去过"，在"她又一次让出租车司机迷失了方向"的时候，在突然来到的丈夫和孩子面前，她感到了茫然和尴尬，因为她觉得或许丈夫会认为，父亲的产业和房子都是她编造出来的。此时，她是和丈夫一样的异乡人，甚至比丈夫——因为无法感受所谓的"异国情调"——更加难以忍受非洲绚烂的凤凰木的腐烂味道。在孔戴笔下，来自安的列斯群岛的维罗妮卡（Veronica）作为一个冷静甚至有点冷酷的叙事者出现在《等待幸福》(*Heremakhonon*)里的非洲时，她生动地诠释了法农在《大地上受苦受难的人们》中道出的那句话："黑人正在从地球上消失……没有完全相同的两种文化"。

与身份或者种族所提出的权力问题相伴相生的，自然还有性别的问题。所有的非洲法语文学写作者几乎都是女性主义者，无关乎写作者是男是女，如果我们把女性主义者理解为格外关注女性的命运以及她们所背负的沉重历史与现时，那么，让女性开口说话，就像第一代作者要让失声的黑人开口说话一样，是非洲法语文学的写作者赋予自身的另一重要使命。即便不像孔戴那样，直接借《薄如晨曦》(*Moi, Tituba, sorcière...Noire de Salem*)里的人物之口道出"男人不爱。他们占有。他们征服"的残酷事实，不得不屈服于非洲传统以及西方的双重父权话语中的女性一向是非洲法语文学写作者——尤其是北非的女性写作者——最喜欢书写的对象。女性或为叙事者，或为第一人称的人物，共同承担起探寻女性过去、现在和未来命运的责任。也正是这些不同时代的非洲法语文学作品告诉我们，女性问题的复杂之处就在于，性别不平等的问题并非像我们开始时所想象的那样，能够通过接受教育，通过站在民族解放、站在种族平等事业的一线，通过奋起反抗就解决了的。奴役并非形式上或者制度上的问题，它一旦进入历史的恶性循环，就会深入意识，就会成为永远在流动着的枷锁。

对于历史真相的追寻和确立，同样是非洲法语文学试图完成的任务之一：如何重建非洲大陆在一次次被侵略的过程中渐渐破碎的文明？或许，最直接的方法就是依靠想象，或者历史的材料还原曾经的、复数的历史真相，恢复在历史断裂之前曾经一体过的——这也同样是一种想象——共同体。我们并不奇怪非洲法语文学中为什么会充满暴力与战争：大到屠杀和各种形式的战争，小到各种宗教的、文化的、个人的冲突。战争可以发生在殖民者与被殖民者之间，但是随着时间的推移，战争在表面上更多地发生在同胞之间。独立或者不独立都不足以避开战争。《裂隙河》(*La Lézarde*)里的塔埃勒（Thaël）离开家，往山下去，他还不知道，有一场刺杀的任务在等着他。殖民者虽然不得不撤离，但是想要派驻一个他们的代表，来管理已经成为殖民宗主国海外省的朗布里亚纳，仍然变相地维护他们的殖民渗透。代表是一个和塔埃勒一样的当地人，是塔埃勒的同胞，也是人民的叛徒。但这样的一个变节者被刺杀了，却不足以保证构建一个和平、繁荣以及理想的、同质的共同体，因为代表甚至连一个象征都算不上。历史的问题因而也与记忆的问题连接在了一起。伸张书写和评价历史的权利，以"复数"的形式强调记忆的正义性，以"小人物"的个人记忆反抗集体记忆的尝试，这恰恰就是包括非洲法语文学在内的文学"复数"之所在。正如意大利思想家安东尼奥·葛兰西（Antonio Francesco Gramsci）所指出的那样，历史的异质性得到充分实现的条件就是人民大众将为统治阶级服务的价值观内化为自己的价值观[1]。而非洲法语文学便是被唤起的，对于统一的、主流的、殖民性的价值观的反抗形式之一，它必然以异质的面貌出现。

而这一切，仅仅和非洲相关吗？或许，"法语的"这一我们曾经一度认为——法国文学也曾经如此认为——更为重要的属性，最终只是为了直接对话，让更多的人听到，从而为了更牢固地成为世界文学的一部分而已。

让更多的人听到和理解，让更多的人能够借助对"他者"的理解来丰富对自身的、对自身所处的世界的理解，这也是"非洲法语文学翻译与研究"计划的初衷。对于中国的大多数读者而言，非洲法语文学还是一个陌生的存在。而它的复杂性和多元性也的确为我们快速地理解，继而进入这一新兴的、不过百年历史的文学设置了重重障碍。让大家能够对非洲法语文学的发生，对其过去和现在有初步的感受，是我们决定策划、编选"非洲法语文学译丛"的最根本的想法。因此，我们选择了较为宽泛的非洲法语文学的定义。而我们的出发点也更倾向于历史，而非地理意义的非洲大陆；更倾向于作品，而非作者的身份。因为我们相信，相较于国家与语言边界相对固定的民族文学，非洲法语文学更是开放的，处在时时的变化之中的。

---

1. 转引自伊夫·克拉瓦隆（Yves Clavaron）著，《法语地区，后殖民与世界化》（*Francophonie, postcolonialisme et mondialisation*），加尔尼埃出版社（Granier），2018 年，第 141 页。

阴影之歌

但这也正是它的魅力所在。

"非洲法语文学译丛"第一辑共收录六部作品。其中三部是非洲法语文学源头性的作品，分别是圭亚那作家赫勒·马郎的《霸都亚纳》、马提尼克作家埃梅·塞泽尔的《还乡笔记》和塞内加尔诗人、总统桑戈尔的诗集。马提尼克的爱德华·格里桑的《裂隙河》写于1958年，获得了当年的雷诺多文学奖，相较于非洲大陆同一时期的作品，或许它更能够反映在上世纪的五六十年代，即将步入纷繁、复杂后殖民世界的非洲社会的重重矛盾。我们还选入了更为当代的两部作品：来自摩洛哥的本·杰伦（Tahar Ben Jelloun）的《沙的孩子》（L'enfant de Sable）以及法国作家玛丽·恩迪亚耶的《三个折不断的女人》。虽然它们还远远不能反映复数的非洲法语文学的全貌，但希望读者能够从中窥得一两分非洲法语文学的意思。

需要感谢国家社科基金重大项目"非洲法语文学翻译与研究"的团队，也要感谢上海译文出版社的慧眼识珠与鼎力支持。非洲法语文学的作品是挑战阅读舒适区，同时也挑战读者已有的知识体系的作品。它是鲜活的，跳跃的，也是充满趣味和力量的。无论是在一百年前，还是在今天，非洲法语文学的写作者们都不会将既有的写作成规放在眼里。在所谓人工智能大行其道的今天，或许，它也是最不"人工"的作品之一。这应该算是非洲法语文学对世界文学另一个出其不意的贡献吧。

袁筱一

2024 年 6 月 15 日凌晨

目录

阴影之歌

1945

悼念

周日。

我害怕我的那群同胞，有着岩石般面孔的同胞。

我的玻璃塔内住着偏头痛以及躁动的先祖们，从这座塔

我凝望着薄雾中的屋顶和山丘

在一片平和中——沉重的烟囱光秃秃地耸立着。

在它们的脚下长眠着我死去的同胞，长眠着一切我那化为尘土
　　的梦

一切的梦，长眠着沿街蔓延的无故出现的鲜血，它们与屠宰场
　　中淌出的鲜血合流。

现在，就像从郊区一样，我从这座瞭望台上

凝望着沿街散落的梦，沉眠山脚的梦

就像凝望着我沉眠于冈比亚河畔与萨卢姆河畔的种族首领一样

如今它们在塞纳河畔，山脚之下。

请让我思念那死去的同胞！

昨天是万圣节，是太阳盛大的生日

而任何一片墓地都不曾放置纪念物。

噢！我死去的同胞们，永远抗拒死亡的同胞们，善于抵御死神
　　的同胞们

直至锡内河，直至塞纳河，在我脆弱的血管中，你们是我不可

战胜的血液

请守护我的梦，因为你们曾生育后代，子孙如今双腿细长，四
　　海漂泊。

噢！我死去的同胞们，请你们捍卫周日雾霭中的巴黎屋顶

那些庇佑着我死去同胞们的屋顶。

请让我走下危耸的玻璃塔，来到街上

同我的兄弟们一道，他们有着蓝色的眼睛

他们有着坚硬的双手。

镀金之门

我将住所选在这道依着记忆重建的城墙旁，与城墙齐高

我忆起若阿勒 [1]，这座绿荫之城，忆起流淌着我血液的土地上的
　　面孔。

我将住所选在这座城市和平原之间，在那里

城市向来自树林与河流的质朴清新张开怀抱。

我的懊悔，是水边淌血的屋顶；我的懊悔，被小树丛的惬意所
　　抚慰

最简陋的出租车也能让我的心像在大西洋最高的海浪中那般翻
　　滚倾覆

多么希望仅仅一支香烟就能让人步履蹒跚，仿佛是在驶入海港
　　的航道上中途靠岸的水手

他说话总是像偏远荒漠地区的小学生一样生硬

"您好女士……您过得如何？"

---

1. 塞雷尔人村庄，诗人的出生地。

飓风

飓风在我身边攻城拔寨

飓风夺去我无意义的纸张与话语。

激情的旋风于无声中呼啸

而宁静在干燥的龙卷风和雨季的逃逸中显现！

你，炽热的风纯洁的风，美妙季节的风，燃烧一切花朵和所有
　　空洞的思想

当沙子再次落在心灵的沙丘之上时。

女仆，停下你雕塑般的姿势，孩子们，停下你们的游戏和象牙
　　般的笑容。

你，请让她用你的身体使你的声音衰竭，请让她使你肉身的香
　　气干涸

点亮我夜晚的火焰，像一根圆柱，像一片棕榈。

神明点燃我沾满鲜血的双唇，在我科拉琴[1]的琴弦上留下叹息

请让我的吟唱响起，它如同格拉姆古王国的金子一般纯净。

---

1. 非洲传统弹弦乐器，21弦，琴身呈半球形。

阴影之歌

一封致诗人的信

致埃梅·塞泽尔[1]

向我亲爱的兄弟和我的挚友，致以兄弟般粗犷的问候！

长途奔袭的黑色海鸥和独木舟船夫让我品尝到你的音信

其间夹杂着香料和来自南河及群岛的芬芳消息。

他们对我说你声名显赫，你卓识远见，你舌灿莲花

他们说你的弟子像沉默的蜂群簇拥着你，让你仿若孔雀开屏

他们说你维系着弟子的热忱与渴求直至月亮升起。

这是因为你卓越成果的芳香还是因为你在正午时分仍耀眼的

　　光芒？

你精神的闺房内住着多少有着人心果般皮肤的女子！

纵使经年累月，你落满灰烬的眼皮之下双目仍然熠熠生辉

你那曾让我们伸手以待，心向往之的音乐如今仍令我着迷。

莫非你会遗忘自己的崇高？那歌颂

既非花朵又非露水的先祖、君王和神的崇高？

你一定会向神明献上你花园中白色的果实

——你只吃当年开出的粮食花朵

---

1. 埃梅·塞泽尔（1913—2008），黑人政治和文化解放活动的先驱，代表作
《还乡笔记》。

你也必定不会为了芬芳自己的嘴唇偷摘哪怕一片花瓣。

在我记忆之井的深处，我触摸着

你的脸庞，汲取着那唤醒我长久伤感之情的井水。

你庄重躺下，以青葱山岭为靠垫，

你的卧榻压住大地，令其心生倦意

达姆达姆鼓[1]的鼓点，在你栖身的原野上，合着你的吟唱，而
　　你的诗句是夜晚和远洋的呼吸。

你歌唱祖先和那些合法继位的君王

为了押韵你摘下天上的星辰

那韵脚抑扬顿挫却随心所欲；在你赤裸的双足旁贫穷的人们献
　　上自己一整年编织的草席

在你赤裸的双足旁女人们献上琥珀般的心灵和夺魂摄魄的
　　舞姿。

我的挚友我的挚友——噢！你快回来你快回来！

我等着你——我将这消息托付给船夫——我在乔木下等你。

在祭祀开始的盛宴上你就可以回来了。当夕阳西斜，柔和的夜
　　色袅袅升上屋顶时

当年轻的运动员四处展示他们的青春活力，扮作未婚夫时，那
　　是你回来的最好时候。

---

1. 传统非洲鼓，中等尺寸，一般被置于双腿中间用手敲打。

漫漫长日

漫漫长日，在漫长狭窄的铁轨之上

坚定不移地行进在萎靡的沙漠中

穿越干旱期的卡约尔[1]和巴奥勒[2]王国，焦躁的猴面包树在此虬
　　枝盘曲

漫漫长日，沿着铁路前行

途经式样相同的小车站，叽叽喳喳的小黑妞盘踞在学校和鸟园
　　的入口

漫漫长日，坐在列车长凳上受难般摇晃着，这辆老旧的火车气
　　喘吁吁，风尘仆仆

我就在古锡内王国质朴的中心地带，寻求对欧洲的忘却。

---

1. 古沃洛夫王国行省，曾在17世纪至19世纪形成独立王国。
2. 古沃洛夫王国行省，后并入卡约尔。

锡内之夜

女人，将你芬芳的双手放在我的额前，那比动物皮毛还柔软的
　　双手。
山上挺拔匀称的棕榈树在夜晚的山风中沙沙作响
声音若有似无。连乳母的哼唱声也几不可闻。
就让这富有节奏的宁静哄我们入睡吧。
让我们聆听它的歌声，聆听我们暗色的血液奔涌，聆听非洲大
　　地的深沉脉搏在那些失落的
村庄的薄雾中跳动。

倦怠的月亮逐渐落向它以海铺就的床榻
欢笑声逐渐昏昏欲睡，说书人自己也
像趴在母亲背上的孩子一般摇头晃脑地打盹
舞者的脚步渐渐笨重了，轮唱团的高歌的舌也笨拙了。

现在是星辉闪耀的时刻，是冥想的夜的时刻
夜凭倚被云雾笼罩的山丘，像是身着一条乳白色的缠腰布。
茅屋的屋顶泛着柔和的光，它们对着星星在窃窃私语什么？
屋内，一家人在浓烈馥郁，令人惬意的气味中熄了灯。

　　　　　　　　　　　　　　　　　　　　　　阴影之歌

女人，去点一盏清黄油灯，让先祖们也能闲聊漫谈，就像躺在

　　床上的父母和孩子那样。

让我们听一听埃利沙[1]先辈们的声音。就像被放逐的我们一样

他们也不甘死去，他们绵延不绝的子孙后代消失在沙漠中。

请让我细细倾听，在这间被神灵影迹造访的，烟雾缭绕的茅

　　屋中

我的头枕在你灼热的胸膛上，好像烟熏火燎中的麦粉团

请让我呼吸族中逝者的气息，请让我记录并重现他们生气勃勃

　　的声音，请让我先学会

活着，然后坠入最深沉的睡意中，比潜水员下潜得更深。

---

1. 加布（几内亚比绍的城市）下辖的村庄名，桑戈尔的父系家族的故乡。

若阿勒

若阿勒！

我忆起你。

我忆起那些栖身于阳台绿荫之下的希涅尔[1]

有着如沙滩上的月光般梦幻眼眸的希涅尔。

我忆起绚烂盛大的日落

孔巴·恩多费那[2]也想要将之裁剪成自己的王袍。

我忆起那些葬礼宴席，被宰杀牲畜之血

争吵嘈杂之声，部族乐师哀歌之音在热气腾腾的席上交织缭绕。

我忆起异教徒吟唱圣体颂的声音

忆起仪仗队列、棕榈叶和凯旋门。

我忆起适婚少女的舞蹈

忆起那为角斗高歌的合唱队——噢！年轻男人的最终一舞

---

1. 与有权势的欧洲殖民者同居的富有塞内加尔妇女，其中部分希涅尔自身亦为殖民者和非洲配偶的混血。她们以财富和善经商著称，主要生活在小海岸一带。对于作者而言，这个词主要指美丽而高贵的女性。
2. 锡内国国王。

他们倾斜着瘦削的胸膛，女人发出饱含爱意的纯洁呼喊——冠
    军希戈[1]！

我回忆着，回忆着

脑袋打着节拍

合着游荡欧洲的疲惫步伐，在那些漫长岁月中偶尔

会响起如孤儿一般的爵士乐声，它泣诉着，泣诉着，泣诉着。

---

1. 原文为塞雷尔语 Kor Siga，Kor 意为冠军，Siga 这个人名源自阿拉伯语和拉
丁语，意为自由。后来 Kor Siga 成为激励战士的口号。

黑女人

赤裸的女人，黑皮肤的女人

你身着的肤色即是生活，你的身形便是美丽自身！

我在你的庇佑下长大，你的手如柔荑，遮盖我的双眼。

在这盛夏的正午时分，我自高耸灼热的山口发现了你，那应许
之地

你的美丽如闪电般正中我心，好似迅捷的雄鹰。

赤裸的女人，暗色的女人

你是肉体紧实的成熟果实，带来如同黑葡萄酒般醇厚的目眩神
迷，你的唇令我的唇吐露一篇篇抒情诗

你是明晰地平线上的草原，在东风热切的轻抚下微微颤动

你是被雕刻的达姆达姆鼓，紧绷的鼓面在胜利者的指尖轰鸣

你那如女低音般低沉的嗓音，是被爱慕者的心灵之歌。

赤裸的女人，暗色的女人

你是微风拂过也无法令其泛起波澜的油，是涂抹在竞技者和马
里王子的肋部、令人凝神静气的油

你是天空化身的瞪羚，珍珠映衬在你肌肤之上，仿若夜空繁星

你是益智游戏带来的无穷乐趣，赤金的光泽在你的皮肤上熠熠

生辉

你的秀发如荫，我的焦躁烦闷被你眼中降临的灿烂日光驱散。

赤裸的女人，黑皮肤的女人

我歌颂你逝去的美，我将你的形体铭刻为上帝

在嫉妒的命运之神将你化为灰烬，滋养生命之歌之前。

黑人面具

致巴勃罗·毕加索

她睡了，栖息于纯真之沙上。

孔巴·塔姆[1]睡了。一片绿色的棕榈叶遮盖了秀发的热度，将
　　弯曲的前额荫成古铜色

她眼睑紧闭，映出双重轮廓，封锁源泉。

这一弯纤细的月牙，这片愈加黝黑，近乎深沉的唇瓣——那同
　　谋女人的微笑在哪里？

如圣盘一般的双颊与轮廓鲜明的下颌共同歌唱无声的和弦。

面具上的脸孔亘古不变，没有眼睛没有物质

完美的青铜头颅泛着时光沉淀出的光泽

愿脸上的修饰不被红斑或皱纹，不被泪水或亲吻的痕迹污染

噢！这张面孔，仿佛上帝在有记忆的年代之前已创造出你

如人间拂晓一般的面孔，你切莫像一截柔软的脖颈一样舒展
　　开，刺激我的肉身。

我爱慕你，噢美人，用我单弦般的独眼！

---

1. 塞雷尔人文明中的美神。

信

他们给我遣来一名迅捷的信使。

他蹚过湍急的河流，没入低矮的稻田，一头扎进稻谷芯里。

这说明来信是如此急切。

我将热气腾腾的饭菜和牵挂于心的繁杂争端搁置一旁，

清晨朝露，除一块缠腰布外，我身无长物。

唯有纯净的和平之语作为旅费，我顺畅上路。

我亦渡过河流，穿过树林，小心避开陷阱

林中悬挂的藤蔓比毒蛇更阴险狡诈

我穿过人群，他们向您发射恶毒的话语

然而我未曾遗失查探的标记

神灵始终看顾着我鼻息的生机。

我辨认出古代营地的遗迹，识得那些世代承袭的东道主。

我们在非洲楝下促膝长谈

各自交换传统礼物。

我随后到达埃利沙，隼之巢穴，此地猛禽曾敢于挑战傲慢的征
　　服者。

我重返山中老宅，村庄如今眉眼低垂。

我向铁血守卫者背诵那封长信

瘟疫肆虐，商业凋敝，唯余划分方正的猎场和姿态体面的资

产者

战俘的胸中激荡着贫瘠的蔑视。

君王作出了答复。以下是他的话语的准确记录：

"头颅短小的孩子们，你们在用科拉琴唱些什么？

别人同我说，你们拒绝玫瑰，而你们的先祖曾拒绝高卢人。

你们是索邦大学的博士，大腹便便的高才生。

你们家中的书卷纸张堆积如山——但你们只会在灯下数着金路

    易，那些被你们已故的父亲紧攥在手中的金路易！

别人同我说，你们的女儿将脸涂成交际花的模样

她们挥金如土，寻求自由的结合，妄图稀释自己的种族！

你们更幸福了吗？吹奏几段哇哇作响的小号

你们将会哭泣，在那弥漫着大火和血腥的夜晚。

是否应当为你们重述古老的戏剧与诗歌？

去姆比塞尔[1]！去法奥伊[2]！去吟诵神庙的祷告，那一座座神庙

    相连勾勒出崇高之路

重走一次辉煌大道吧，好好思索这条十字架与荣耀之路。

你们的大祭司定会如此答复你们：血浓于水！

比糖棕树更美的是埃利沙的亡者；他们心中几无欲求。

他们的荣耀之盾和忠诚之矛永不离身。

---

1. 若阿勒十几公里开外的神庙，曼丁戈王朝的第一位塞雷尔国王安葬于此处。
2. 若阿勒附近的神庙。

阴影之歌

他们从不捡拾废纸破布，更不会祈求西方金币来装扮族中女子

他们的家畜遍布山野，正如榕树神圣的绿荫庇护着他们的每一

　　处住所

他们仓廪丰实，人丁兴旺。

血浓于水！斟酌三思！

征服者们将为你们的步履喝彩，你们的子孙将成为你们额上的

　　白色花环。"

我聆听了君王的诲言。

佳音的使者，这便是他象牙的指挥棒。[1]

---

1. 原词 Récade，出自贝宁语，指雕刻有动物形象的、象征王权的手杖，曾为
阿波美王朝的君王使用。桑戈尔在此赋予其"指挥棒"的意义。

献给爱玛·佩耶尔维尔[1]那位护士

爱玛·佩耶尔维尔[2]

你的名字将撕裂统治者治下硝烟四起的图景。

你，一位如此脆弱纤细的少女

你打碎了那在你与我们之间强行筑起的壁垒，打破了封闭的土
　　著区。

你放弃纸上谈兵，不靠书籍也不靠字典

不借助敏锐的翻译，你的双眼便能刺破厚重的壁垒

你的双眼就能洞察黑色肉身下的沉重秘密

你的双眼因他们独特的眼眸而澄澈湿润。

你的双手，被包裹于黑色肉身的温柔之中

那是独属于你的，手足般的温柔

你的双手挖掘、根除他们苦痛的症结

即使存活千百年的恶灵也不曾使那苦痛如此深重。

你，有着孩童般的牛奶肤色

你的名字将击碎统治者灰尘满布的青铜像

在你明亮的面庞之下，在黑暗之心的十字路口

他们晦暗记忆中那挥之不去的恶魔，满怀嫉妒地将你的名字珍藏。

---

1. 一位法国护士，她曾于二战期间救助伤兵。

2. 原文为全大写。

巴黎落雪

主啊，您在诞生之日造访了巴黎

只因这座城市变得平庸而低劣

您将之净化，以刚直不阿的寒冷

以纯白如雪的死亡。

今晨，连工厂齐声高歌的烟囱上

都高悬着白色的床单

——"和平归于善良的人们！"

主啊，您让您的和平之雪降临在这个由分裂的欧洲

和破碎的西班牙组成的世界。

而犹太教和天主教的反叛者，将一千四百架大炮的火力对准您

　　的和平之山。

主啊，我领受您那烧得比盐还炽热的纯白的寒冷。

我的内心深处如日光笼罩下的雪一般。

我释然了

那些用枪支弹药摧毁帝国的白皙双手

那些责打奴隶也鞭笞您的双手

那些曾侮辱过我，如今也对您不敬的，涂脂抹粉的白皙双手

那些使我陷入孤独和仇恨的决绝的双手

那些将遍布非洲的糖棕树林砍倒的白皙双手，屠杀居于非洲中

心的

萨拉人 [1] 的双手，而他们正直刚毅，健美得就像从您棕色的手
中诞生的原初人类。

那些双手砍伐黑色的森林制成铁轨枕木

那些双手由于缺少生存必需的原料而砍伐非洲的密林，声称为
了拯救文明。

主啊，我不会释放内心积压的恨意，我很清楚，我仇恨那些露
着尖长獠牙的

明天便会交易自己黑色肌肤的外交官。

主啊，我的心像巴黎屋顶上覆盖的雪一般融化在

您如阳光般和煦的温柔中。

我的心对待敌人和白皙的手上没有捧雪的兄弟都同样亲切

因为每当夜晚来临，露水打湿的双手会轻抚我滚烫的双颊。

---

1. 中非的一个跨境民族，原栖居于尼罗河沿岸，"萨拉"意为古埃及的太阳
神拉之子。

向面具祈祷

面具！哦面具！

黑面具红面具，还有你们这些黑白相间的面具

汇聚四面八方神明之气的面具

我在寂静中向你们致敬！

但你不是这最后一类，狮头的先祖啊。

你们守护着此地，它禁止任何女人的笑容，禁止一切枯萎的
　　微笑

你们散发出永生的气息，我从中嗅到了祖先的气息。

面具覆盖在毫无遮蔽的脸上，抹去一切酒窝抑或皱纹

面具刻画了这幅肖像，我的面孔俯向白纸扎的祭坛

印有你们图像的祭坛，请你们听我说！

帝国林立的非洲衰亡了——正如一位生命垂危的可怜公主

与我们脐脉相连的欧洲也是如此。

请你们将永恒的目光定格在你们被奴役的孩子身上

他们付出了自己的生命，就像穷人交出他们最后一件衣裳。

让我们向全新的世界答到

我们是如此不可或缺，就像酵母之于面粉那般。

因为是谁将节奏带到布满机器和坦克的亡者世界？

是谁在曙光中发出愉悦的呐喊，唤醒死者与孤儿？

请你们说，是谁将生命的记忆归还给那希望被毁灭的人?

他们将我们称为摘棉花之人，种咖啡之人，采油之人

他们将我们称为死亡之人。

但我们是起舞之人，我们的脚底充盈着力量，击打坚实的
　　土地。

图腾

我需将这图腾藏在血管最深处

祖先以风暴作肌肤，雷电交加沟壑纵横

我的守护神兽，我需将之隐藏

直到我冲破丑闻的障碍。

图腾是我呼唤坚贞的忠诚血脉

它守护着我不加掩饰的骄傲

抵抗着自我与那些幸运种族的傲慢……

恩德斯[1]或"蓝调"

春天令我奔腾的激流带走浮冰

在最初的轻抚中我清新的汁液自柔软的树皮表面涌出。

如今明明已是七月中旬，我却比隆冬时节更加不辨方向。

我双翼振动，折损在低沉天空的栅栏之上。

没有一丝光线能透过那道苦闷筑成的，影影绰绰的拱门。

要搜寻哪一个信号？要敲击哪一个按键？

又如何遇见佩带着古老标枪的神明？

南部地区盛大的夏日啊，你来得太晚了，要等到九月结束！

我们要到哪本书里去找寻你反光的炽热？

又在哪本书的书页之上，在哪两瓣遥不可及的嘴唇之上，去追
　　寻你狂热的爱？

就让我焦急地等待。噢！雨滴落在千篇一律的叶子上发出的
　　声响！

请为我奏一曲《孤独》，公爵[2]，我会流着泪入睡。

---

1. 原词 Ndéssé，沃洛夫语，意为思乡之情、忧郁。
2. 指美国爵士作曲家、钢琴家艾灵顿公爵，《孤独》为公爵所作爵士乐曲。

致死神

今夜你再一次萦绕在我的心头

在这个没有月光的夜晚，在危险莫测的池塘边，

那被弓形树枝刺中的豹子。

啊！你爪子的灼热留在我的腰间，而恐慌

让我哭泣到午夜，直至我被囚禁的双脚的脚趾都在颤抖。

噢！永远无法习以为常的死神，曾三次造访，我忆起

自己的死后历程，正如一颗沉甸的果实从糖棕树上落下，滚向

    孩子

——而另一颗果实骤然砸向他，将之压倒在地。

令人生畏的死神啊，你让人们败退得比围攻七门之城[1]的七将

    更迅速

请看看我，为年纪、欲望和意志所驱使的我

当深冬已至，湿气入骨的雨水弥漫，你留下的爪印如此深刻。

你难道没有感受到我腰部的力量，感受到我强壮的意志？

我知道冬日将会因为漫长的春日而熠熠生辉

我知道土地的气味将会比花香更使我陶醉

我知道地球将会张开她坚实的怀抱，在胜利者的爱抚下颤抖

---

1. 指古希腊城邦忒拜，此处意指七将攻忒拜的古希腊神话。

我知道我将会像预言者那般一跃而起，像有着专注目光的雕塑
　　面具那样为非洲庆贺
我知道那个脸庞黝黑，黄褐头发的女人会回到草地上，操着低
　　沉的嗓音加入清晨的合唱队
她静静离去，我与她都一言不发
在这法兰西岛上的一个明亮冬日。

解放

我奔流的血液在牢狱的边缘呼啸。

在那些夜晚和比夜晚还要孤寂的白日。

猛烈的攻势之下，沉重险恶的堤坝和围墙依然坚不可摧。

我曾被囚于此处，身陷囹圄，像一个绝望焦躁的孩子。

跟随我的指引天使发出的信号，我让灵魂重归平静

但斗争是如此激烈，没有按摩师我的身体疲惫不堪！

带着农夫般的耐心，我在盛夏的青柠树下一日劳作十七小时

收成时节已至，而雷声轰隆，暴雨迫近。

另一日清晨——我遗失了关于那些日子和区政府的记忆

我感到新鲜的真理之汁流淌在我的脸颊。

外面依旧夜色深重，这偏僻的农庄不见一颗星星。

我逐渐沐浴在晨光中，湿润的草地透出鲜嫩的绿色，带着真切
    的柔软。

面朝东方，我的目光越过朝阳

眼前点点星光渐现，耳畔和平颂歌响起。

我自狱中被解放之时，竟已开始怀念黑面包和那教人夜夜失眠
    的木板床。

愿科拉琴和巴拉丰木琴[1]为我伴奏

（为三把科拉琴和一架巴拉丰木琴所作之歌[2]）

致赫勒·马郎[3]

哎来呀耶比西姆拉耶！我再一次唱起崇高之歌。

噢！比拉姆代古恩！愿达姆达姆鼓[4]、塔马鼓[5]和萨巴尔鼓[6]
为我伴奏！

沃洛夫诗歌[7]

在河道的蜿蜒曲折处，那被九月新鲜的绿茵映青的河水。

目光明亮如剑的女孩守卫着那一片极乐世界不受疟疾的侵扰

极乐世界，我的非洲童年，它曾守护着欧洲的纯洁。

那是哪一月，哪一年，我忆起它暮色中飘然远去的温柔

忆起那些如今天一般曾死在远方的人们，忆起那柠檬般清新的

    罗望子树荫。

---

1. 非洲敲击乐器，由 14 根木音条组成，音条下装有葫芦作为共鸣器。
2. 原文为塞雷尔语 Guimm，意为歌，诗。
3. 法国诗人和小说家，第一位赢得法国龚古尔文学奖的黑人作家。
4. 原文为 ndeundeu，就是达姆达姆鼓。
5. 一种小型的达姆达姆鼓，格里奥在吟诵时会使用。
6. 传统非洲鼓，用一只手和一根棍敲击。
7. 原文由沃洛夫语和法语两个版本组成。

座座祭坛矗立在粗粝盐碱的平原边缘，矗立在闪烁着神光的大
　　道边缘

同子午线一道围出了大片坟墓！

而你，卡姆蒂亚梅之泉 [1]，正午时分我将你神秘的泉水捧在掌心
　　畅快饮用

我的同伴将我环绕，他们光滑赤裸，装点着荒漠的花朵！

牧人的笛声顺着羊群悠扬

当笛子在它的阴影之上静默时，海岸绵延的沼泽地上，达姆达
　　姆鼓声响起

合着亡灵节游行队伍的节奏。

步兵团无声地欢呼着将圆帽扔进圈里，我的姐妹们伴着高扬的
　　焰火翩翩起舞

特宁-恩迪亚蕾和提娅古姆-恩迪亚蕾 [2]，她们如今比海外的铜器
　　还要更加闪亮。

II

泉水后来被纳入了拉丁缪斯的庇护中，人们将这些女神称为我
　　的守护天使

---

1. 迪洛尔附近的圣泉，用以崇拜祖先的灵魂。
2. 指恩迪亚蕾的两个女儿，桑戈尔的奶奶名叫特宁。

石井，石井！ [1] 你们没能抚慰我的渴意。

但在吃过烘烤盐渍的果仁后，在晚祷和午餐的醉意之后

我依然躲进你的怀抱，甘甜的泉水汩汩涌出的群象之泉

我依然奔向你们，我的先祖，你们深邃的双眼凝视着万物。

而凡尔登，是的凡尔登，用荆棘与标记指引着我，这条守卫着
    欧洲纯洁的狗。

你的欢笑你的嬉闹你的歌唱，你的寓言，都从我的记忆中消散了

我只记得那起舞的黑色神甫

他高高跃起，像大卫在神的约柜前所做的那样，像那位头颅拼
    接的先祖那样

合着我们双手的节奏高喊："没事的，巴斯！没事的，你可以
    出发！" [2]

III

你们听，那鼓声隆隆！

妈妈正在呼唤我。

她对我说：图巴 [3]！

去亲吻最美的姑娘。

---

1. 原文为塞雷尔语 Ngas-o-bil，意为石井，也指若阿勒附近的村庄，桑戈尔曾在那里求学。

2. 原文为塞雷尔语 Ndyaga-bâss! Ndyaga-rîti!

3. 非洲人用来指代欧洲人或白人。

阴影之歌

她对我说："上帝啊！"

做出选择吧！我被两只女友的手甜蜜地拉扯着

——你的亲吻，苏凯娜！——我被两个对立的世界陶醉地拉扯着

教人痛苦——啊！我再也分不清谁是我的亲姐妹谁是我的奶姐妹

在那些用梦境般的柔情和交叠的双手抚慰着我的夜晚的女人之中

教人痛苦——你的亲吻，伊莎贝拉！——这双手拉扯着我

而我想将它们再次握进我炽热的手中。

如果在考验的时刻必须做出选择

我选择以水流、清风与森林为诗句

以平原与江河为韵脚，以我胴体的血流为节奏

我选择了巴拉丰木琴震颤的回声，选择了弦乐器和铜管乐器不
　　甚和谐的和音，选择了摇摆舞摇摆舞是的摇摆舞！

那遥远的号声阻塞，像是夜空中偏航的星云发出的呻吟

号声响彻白雪皑皑的欧洲墓地，像是对审判的呼唤。

我选择我劳苦的黑肤色人民，选择我务农的人民，选择世界上
　　任何的农民民族。

"你的兄弟们对你发怒，他们迫使你犁地。"

只为成为你的号声！

IV

我的小羊羔，我的爱，你们的双眼望不见我的衰老

我不会永远是你们书本中干燥平原上的金发牧人

不会永远是对长官毕恭毕敬的优秀公务员

也不会永远是礼貌优雅的好同僚——还戴着手套？——保持微

　　笑，鲜少大笑

也不会夸夸其谈古老的法国、历史悠远的学府，卖弄学问。

我的童年，我的小羊羔，像这世界一样古老，而我像永恒年轻

　　的晨曦一般充满朝气。

神庙的女诗人哺育了我

国王的格里奥 [1] 伴着高昂的科拉琴声，向我吟唱本民族真实的

　　传奇。

V

那是哪一月？哪一年？

孔巴·恩多费那·迪乌夫 [2] 曾统治迪亚考 [3]，这位英俊的属臣

亦曾统领锡内—撒卢姆 [4] 的长官。

祖先的呼喊和嘹亮的战鼓为他开道。

王族朝圣者踏遍他的行省，在树林中倾听低吟的悲歌

倾听鸟鸣啾啾，阳光慷慨地倾洒在它们的羽毛之上

---

1. 身兼巫师、乐师及诗人的非洲黑人。

2. 第一位锡内国王，统治期从 1853 年至 1871 年。1867 年，率军战胜了阿尔马米。

3. 锡内王国的首都。

4. 塞内加尔的地区名，主要居住者为塞雷尔人。

倾听先贤墓中呜呜作响的海螺声。

他称呼我的父亲为"叔叔"[1]；他们交换了戴着金铃铛的猎兔犬

    送来的谜语

温和的堂兄弟，他们在萨卢姆的海岸边交换了礼物

珍贵的皮毛包裹着的盐块以及来自布雷和邦杜[2]的金子

还有像大河骏马[3]一样宝贵的建议。

这男人深夜哭泣，在紫罗兰色的夜影中伴着卡兰姆[4]的琴声哀

    叹不已。

VI

我曾是我祖父的祖父

我是他的灵魂也是他的先祖，是位于加布的埃利沙家族的首领

身姿笔挺；我与富塔贾隆高原和富塔[5]的阿尔马米[6]短兵相接。

"他们在屠杀我们，阿尔马米！但无人能折辱我们。"

他们的山岳无法制服我们，他们的骑兵无法包围我们，他明亮

    的皮肤无法诱惑我们

---

1. 原文为塞雷尔语 Tokor。
2. 法莱梅河沿岸的两个相邻地区，以金矿著称。
3. 塞内加尔特有的马匹品种，名字为法语 Fleuve，意为河流。
4. 西非传统弦乐器。
5. 富塔贾隆指位于塞内加尔和几内亚的高原；富塔指塞内加尔河中游的半沙漠地区。两者都是富拉人的定居地。
6. 意为"祷告的首领"，是富塔贾隆地区富拉人的宗教领袖。

他们的先知也无法改变我们的信仰。

我多神信仰的活力是不会变酸的古老醇酿，而不是短短一日的
　　棕榈酒。

干戈十六年未止！十六年战鼓不息，枪林弹雨！

十六年烽烟四起！十六年飞沙走石，没有一日晴朗天气

——游行的少女对着泉水放声高歌，她们傲人的胸脯仿佛阳光
　　中的高塔

十六年落日余晖，泉边的女子铺开她们红色的裹腰布

十六年长枪沙沙作响，林立在埃利沙的洼地中。

"他们在屠杀我们，阿尔马米！"在高高的柴堆之上，我抛下

落满灰尘的所有财宝：珍贵的灰色琥珀和贝壳

家族重要的俘虏，我的妻子们我孩子的母亲们

神庙的祭祀品，沉重的面具和华丽的裙子

我的阳伞和重三金塔尔[1]的象牙权杖

以及我衰老的皮肤。

安睡吧，英雄，在孕育生命的这一晚，在严肃庄重的这一夜。

而我那多神信仰的活力得到拯救，高歌着升腾、摇动、起舞

我那两个有着精致脚踝的女儿，被沉重镣铐束缚的公主

像农妇一般。农人押送着她们，想成为她们的主人，亦想成为
　　她们的臣民

---

1. 塞内加尔计量单位，1 金塔尔等于 1.268 千克。

　　　　　　　　　　　　　　　　　　　　阴影之歌

其中还有茜拉-巴德拉尔 [1]，王国的缔造者

她将成为塞雷尔人的盐，而塞雷尔人将成为所有盐渍民族的盐。

VII

哎来呀耶！我再一次唱起崇高的主题；愿科拉琴和巴拉丰木琴

　　为我伴奏！

女王，这首黄金之曲献给你，它比书呆子的夸夸其谈更加嘹亮！

你绝不是你的人民茂密枝丫上攀附的寄生植物。

他们在撒谎；你不是暴君，你不曾用民脂民膏中饱私囊。

你是丰茂的根茎，是为了应对危机，充实满溢的粮仓

——而他们只喂养了游手好闲的蚂蚁和白鸽。

为了驱赶敌人，你昂首挺立，筑成一道堡垒 [2]

我说的不是储藏粮食的塔堡，而是组织武装锻造

力臂的首领；而是身先士卒直面炮火的堡垒。

你的人民以你为荣。你的人民对你赞不绝口！

四肘尺 [3] 高的女王！你有着黝黑的脸庞和明亮的嘴唇

好像阳光洒在墨色卵石的沙滩上

你就是你的人民。

---

1. 迪洛尔首位王后。
2. 原文为曼丁戈语 Tata，意为黏土或砖石制成的堡垒。
3. 古代长度单位，指自肘部到中指端的距离，约为 50 厘米。

你的肌肤是灰黑肥沃的土地，人民用大量的精液狂风骤雨般将
　　之灌溉。

你是人民的妻子，你领受塞雷尔人的血液，富拉人以血纳贡。

噢！这些血液在我的血管中融合，唯有击掌之声响起！

愿我能听到混血儿鲜红的嗓音交织而成的合唱！

愿我能听到吟诵非洲未来的歌谣！

VIII

啊！愿我能从你面前跑过，女王，将你的权杖带给人民议会，
　　这样的愿望支撑着我。

这一队伍比曼萨·穆萨一世[1]东行的行列要更加盛大。

噢沙漠，万里无荫的沙漠，这片严峻的土地，纯净无瑕的土
　　地，洗净我所有的卑劣

洗净我，染上的所有文明病。

愿你荒蛮的光辉濯洗我脸颊，愿你猛烈的干燥将我包裹在飞沙
　　走石中。

愿我像白色的纯种单峰驼一样，双唇不沾一滴尘世的水，九天
　　再九天，静默不语。

我将途经东北方向的土地，途经埃及的神庙和金字塔

---

1. 14 世纪马里帝国君主，曾前往麦加朝圣。

但我会将曾让我坐在他右侧的法老和我红耳的曾祖父留给你们。

学者们，你们将能证明他们和我被埋葬的全部荣耀皆归于极北
之地。

这一盛大的队列，再也不是由每人背着五米特卡尔[1]金子的
四千奴隶组成，

那是七千个崭新面孔的黑人，七千位军人，七千位谦逊又骄傲
的农夫

他们极具韵律的肩膀扛起我族群的财富。

那是真正的财富。不再是金子或是琥珀抑或是象牙，而是真正
的农民和时薪二十生丁的工人的劳动成果

而是欧洲在黑奴贩卖中所造成的一切破坏

而是三块大陆流淌着的全部泪水，是所有肥沃了甘蔗地和棉花
地的黑色汗水

而是所有吟咏的赞歌，是被阻塞的鼓声撕裂的所有唱段

也是所有起舞的欢腾，噢！是所有欢呼的狂喜。

那是七千个崭新面孔的黑人，七千位军人，七千位谦逊又骄傲
的农夫

他们双耳尖底瓶般的肩膀扛起我族群的财富

力量、崇高、纯真

仿佛一位兴高采烈的女人，沉迷于伟大的宇宙之力，醉心于驱
使世界放声高歌的爱神。

---

1. 原文为曼丁戈语 Mithkal，为阿拉伯计量单位，1 米特卡尔约为 4.25 克。

IX

在今日的希冀中——索姆河、塞纳河、莱茵河以及荒蛮的斯拉
　　夫河流，都在大天使的剑下泛着红光

在刺鼻的血腥气中，我的心将疲惫衰弱，但我必须也有义务不
　　屈不挠

但愿每夜我精神的悠游飘荡至少能聊以慰藉。

瓦力叔叔[1]，我的叔叔，你是否还记得曾经那些夜晚，我的脑袋
　　沉沉地坠入你宽厚的背脊之上？

是否还记得你曾牵着我的手，沿着路标指引我穿过黑暗？

田野像飞舞着萤火虫的花田；星星挂在青草上坠在树梢上。

四周一片宁静。

唯有荆棘丛的香气像橙红的蜂群般嗡嗡作响，盖过蟋蟀微弱的
　　震颤

达姆达姆鼓声隐隐约约，仿佛遥远夜色中传来的呼吸声。

你，瓦力叔叔，你听得见寂静之声

你向我解释那如海般平静的星宿中先祖留下的标记

金牛座天蝎座狮子座，大象座双鱼座

以及那跨越无尽天穹的，神明的银河仪仗。

而智慧的月亮女神降下了黑夜的帷幕。

---

1. 原文为塞雷尔语 Tokô'Waly。

非洲的夜晚，我黑色的夜晚，神秘而清澈，晦暗而明亮

你与大地浑然一体，你就是和谐共存的大地和山岳。

噢锋芒尽敛的古典美人，细长的线条灵动而优雅！

噢古典的脸庞！从被森林覆盖的凸出前额和倾斜巨眼，直到海
　　湾勾勒的优美下颌和狂热高耸的双生山峰！噢这温柔的曲
　　线悦耳的面容！

噢我的母狮我黝黑的美人，我晦暗的夜晚我的黑女人我赤裸的
　　女人！

啊！多少次你曾使我的心怦怦直跳，像未驯服的猎豹被关在狭
　　窄的笼中。

黑夜使我摆脱了理性沙龙诡辩，摆脱了见风使舵互相推诿，摆
　　脱了日积月累的仇恨和声称文明的屠杀

黑夜将我所有的矛盾，一切的挣扎都融化在你的黑人性的本原
　　统一之中

黑夜，请你接纳这个永远单纯稚嫩的孩子吧，十二年的流浪也
　　不曾使她衰老。

我从欧洲只带回来这一位孩童朋友，她的双眼在布列塔尼的薄
　　雾中熠熠生辉。

贡捷堡 [1]，1939 年 10 月至 12 月

---

1. 法国马耶讷省的一个旧市镇。

彼岸爱神

所有属于玛雅伊[1]的东西都使我快乐

我曾找寻的牢笼，如今已拥有了它。

塞雷尔诗歌[2]

是时候出发了

是时候出发了，我不再将我那榕树的根系深埋进这片肥沃柔软
　　的土地。

我听见白蚁群聚，窸窣作响，它们的生机掏空我的双腿。

是时候出发了，去直面车站内的不安，在开放的外省车站中，
　　蜿蜒的风擦过人行道

那是孤身启航的不安，掌中未曾握住另一只炽热的手。

我渴望，渴望全新的空间与水域，渴望将阳光下罐中倒映的那
　　张崭新面孔一饮而尽

旅馆的房间也无法为我驱散那大都市回响不绝的孤寂。

是否在春天——出发！——这第一颗夜间的汗水，自酒酣中苏

---

1. 塞雷尔人名。
2. 原文由塞雷尔语和法语两个版本组成。

醒……等待……

我听见飘荡在高空中的——低空中，铁轨上车轮辘辘——长号
　　声向天穹发出诘问。

又或者那是我呼啸而过的血液发出的嘶鸣声

仿佛一匹小马驹，在五月最后的晨曦中高扬马蹄，后足蹬踏。

是时候出发了。

这就是你的消息了。

在那春日的舞会上，你炯炯有神的双眸是否先你而至？

你与从前如此相似，依旧是撒拉逊人的脸庞，你黝黑的头颅像
　　埃斯泰雷尔[1]的顶峰般闪耀。

你的女伴们四散分离，像是冬日乳白色的光线，抑或是被女神
　　的箭矢瞄准的白鸽。

我们曾手牵手膝碰膝，共同寻回那原初的节奏

然后你动身了。如今是时候出发了！

动身

我在深处追寻你模糊的双眸——像是强劲的密史脱拉风中的贝

---

1. 法国火山高地，濒临地中海。

尔潟湖。

你那模糊的双眸——隔着水雾朦胧的玻璃，我在你眼中看到了
　　故乡冬日的景色，漂洋过海而来。

山坡表面蓬松湿软，环绕着大片鲜嫩牧场。

当我们从坡上滑下，一个亲切的怀抱会在水边将我们挽留。

我们心中和缓的风，传来你微弱的声音，交织成条条变化莫测
　　的花边。

燕子，你在河的对岸；河水清浅，点缀着金色小岛。

我偏爱猫科动物轻柔的弹跳。

河水如玻璃般澄澈，天空如眼眸般湛蓝——长春花你曾低
　　语——散发出新生草地的香气

所有这些明亮的时刻都泛着蓝绿色，浅绿而蔚蓝！

那些飞机云是如此轻盈，像水下无声划过的鱼群

那些激流如此频繁地呼啸而过，金属般的声音让我的五脏六腑
　　都跟着振动

那些涌入大西洋港口的激流，世界自我们的回忆中复苏。

我无法将你的头捧在掌中，你羚羊般的双眼就像我磁化的双眼
　　一样

我那在你面前凝视的双眼。

雪白的飞机是如此轻盈

高空特快如此频繁地呼啸而过，穿梭于空中桥梁之上！

此后的某一日，我们对熟稔无比的景色突感陌生

我们就此动身离去，未曾道别，动身于这无色亦无声的一日。

阴影之歌

海上白鹰，时间之鹰让我在大陆彼岸心醉神迷。

我自梦中醒来，我向自己提问，就像在库斯[1]怀中醒来的孩子，

　　那被你们命名为"潘"的精灵。

旭日狂野的呼喊令大地震颤

你岩石的头颅无比尊贵，那在狮子峰之巅的头颅，那在棚中的

　　牲畜之上的头颅

你的头颅高昂，锋利的目光直刺向我。

而我重归大地母亲的怀抱。

这是时间与空间的力量，我们之间高山绝壁林立

你的傲气依然坚挺，它曾经生机勃勃，如今身披白雪

——我在此消散了，耕者沉浸于粮食收获的狂喜中。

我沿着你的峭壁滑下，面容崎岖。

最好的攀登者也迷了路。请你看看我血流如注的双手与双膝

---

1. 西非传说中淘气滑稽的精灵，喜欢罗望子树的阴影。

鲜血中流淌着我抵抗的骄傲，你这头戴面具的女神。

我是否应该释放那来自沙漠中所有魔法洞穴的暴风雨？

当大片狂热的蝗虫过境，我是否应该在空荡的天空中四处搜集

    砂石？

然后在远古的寂静中，身受透骨奇寒，辛勤劳作？

你那女性含混的话语从耳边擦过，像是那些承载着极度苦痛的

    控诉，他们不会知晓

而那些乱石，突如其来地零星坠落，将发出瀑布般的哗啦声。

任何胜利都不过眨眼瞬间，却宣告了失去的已愈加不可挽回。

在我遥远的记忆中你来自非洲，像我一样，像阿特拉斯[1]山巅

    的积雪一样

亡灵，噢我先祖的亡灵

请你们凝视她戴盔的前额和稚气的双唇，唇周洁净无瑕，仿佛

    落满白鸽。

请你们将她的美貌与你们的女儿比对

她的眼睑仿佛骤然昏暗的暮色，她辽阔的双眼盛满黑夜。

是的，这就是黑皮肤的祖母，黑夜般的眼睑下是紫色的双眸，

    清澈明亮。

---

1. 非洲西北部山脉。

"我的朋友，在蓝色缠腰布般的阴影中

星光将棉花从爆裂的棉铃中摘下

荒野的领主缄默不语，悄然平息了叛乱的暗哑声响。

你看呀！白雾如新鲜的乳汁一般，一滴滴漫溢而出。"

请听我独特的声音在阴影中为你歌唱

这曲中缀满了高歌的彗星

我用崭新的声音为你唱一曲阴影之歌

用满载人间朝气的古老声音为你高歌。

假期

这段漫长的心不在焉

这三个月的赋闲就像那段长达一年半的黑暗被囚生涯一样。

我曾失去对颜色的记忆

徒劳地重新拼凑你的面孔，以及我脑海中那双疲倦的眼睛。

而你高傲的沉默像一段已被遗忘的回忆！

你发端的香气曾萦绕鼻尖，那在日光下暖洋洋的发丝

如今只有我高扬柔软的脖颈爱抚脸颊

你光彩夺目的面容曾经久不息！

如何遗忘太阳的光辉，如何忘却昼夜不停的世界的节奏

心中响起达姆达姆鼓狂热的鼓点声，让我彻夜难眠

而你的心跳声不循节拍地为我心中的鼓点伴奏

曲声交错响起。你就像那远方的长笛，在夜空中遥相呼应

笛声从内海彼岸传来，连接了两岸土地

仿佛一对互补的姐妹：一位如火焰般明亮，另一位如乌木般
　　　黝黑。

你的面容！

也许是你的面容，而不是狱中的昏暗，亦非我生活的潮湿

抹去了一切颜色与图案，仿佛雨季来临前那耀眼灿烂的日光

那时第一滴雨尚未落下

那时各国明亮洁白，沙漠无边无际。

我知晓那失落的天堂——我不曾遗忘的、鸟儿纷飞的童年乐园

在那儿苦难的雨季过后将是收获的季节，然后你将归来，我的
　　　爱人。

你将卧在我的怀中，像一束沉甸甸的棕色麦穗

又像是挂满铃铛的羚羊角，优胜的竞技者挑逗羚羊，铃声大
　　　作，那一刻他自觉天神一般。

彼岸爱神

我要吟诵，这双蒙上了我心之视线的双手

你的双手迟缓，你的爱抚划出恒久优美的曲线

埃及女人！你那悠长的喘息怎能不是我的向导

你那如太阳一般，如燃烧的荆棘一般的香气！

你从高墙之上走下，先祖曾设计将你困于此处。

被纳入这坚实封闭的圆圈中

你是高悬于我欲望之树上的果实——在你欲望的沙漠中，我的
　　　血液流淌着永恒的渴意。

我知道，我的先祖们，你们在我保持警惕的赋闲期撒下巨网

只为捉回我这回头浪子，宛若困住雄狮的深坑。

我知道这座座雄峰的傲气唤回了我的自尊。

伫立于陡峭顶峰之上，芬芳胶树环绕

我捕捉到腹中回音，和着他们的歌声

——深不见底的湖泊在火山口的值守下长眠。

我知道，唯有这片富饶黝黑的平原

能让承载着我男性冲劲的犁铧与河流都心满意足。

而一具没有头颅的身体是什么？一个没有灵魂的胸膛又是
　　　什么？

诗歌的咏唱高高盘踞于热情的塔姆巴特鼓[1]、姆巴拉赫鼓[2]和达
　　　姆达姆鼓之上。

---

1. 一种大鼓，声音低沉。
2. 一种长鼓，声音明亮。

但愿我的手指至少能在科拉琴的弦上起舞。

但我掌中的这具躯体，像是一座精致小巧的钢铁之舰！……

切莫嫉妒神明，我的先祖们。

就让宙斯驱雷掣电，就让耶和华燃尽那些纯白之城的傲慢

请别让家族游乐削弱我的青春朝气

别让姐妹亲切的缠腰布动摇我猎豹般的利爪。

我的灵魂渴望着征服广袤世界，展开它黑红色的羽翼

黑红色，那是你们旗帜的颜色！

我的使命是重新征服远方的领土，那曾经围出铁血帝国的领土

在那里黑夜从不曾用它的灰烬和无声的歌唱掩盖生命

我的使命是夺回你们最后一滴血脉，为此探寻，直至冰冷的海
　　洋深处

直至灵魂深处。请你们倾听她那栖居于撒拉逊眼睑之下的灵魂
　　的歌声。

她天真无邪的双眼仿佛非洲马羚一般

双目圆睁，惊叹于世界的美丽。

啊！请让我夺去她的灵魂，在一个如东风般摧枯拉朽的拥吻中

只为将它进献于你们的足前，再奉上那丰足的灵魂和富饶的新
　　土地。

造访

我在下午短暂的昏暗暮色中陷入冥想。

这一日的倦意

这一年的亡者，这一旬的回忆纷至沓来

就像那遥远天际的海边洼地旁的村庄中，排成长列的死者。

那天是一样的日光，朦胧幻景浸透了它

一样的天空，暗处的身影教它心烦意乱

一样的天空，曾欠给死者的债令它惧怕不已

如今我的亡者们正朝我走来。

浪子归来（科拉琴之歌）

致雅克·米基兰·桑戈尔，我的侄子

我的心再一次踏上石阶，来到高大的荣耀之门。

那拥有闪电般双眼的男人，我的父亲，他温热的遗骸在颤抖。

我饥肠辘辘，十七年风尘仆仆，在欧洲的大街小巷担惊受怕

广袤的都市喧嚣嘈杂；而我脑海中成千上万道热情的浪潮冲击
　　着这些城市。

我的心像三月的东风那般，依旧纯粹。

II

我不承认空洞无物的头脑和懦弱乏力的胸腹中流淌着我的血液。

寂静之笛吹出的完美音调指引着我，我那梦中的牧人兄弟指引
　　着我

乳白色的腰带之下他赤身裸体，金凤花绘在额前。

冲击吧牧人，用一个超乎现实的长音符击穿这摇摇欲坠的别
　　墅，这别墅的窗子和居民都已被白蚁腐蚀殆尽。

我的心再一次来到那高傲的男人所建造的高大居所前

我的心再一次来到他的墓前，他曾虔诚地在此记下家族悠长的
　　族谱。

他不需要纸张；行吟诗人[1]就是有声的纸张，他的舌头就是玫
　　瑰金的尖刀。

III

庭院是如此广阔如此空荡，散发着虚无的气息

像是旱季的原野，因空旷而颤栗

然而是怎样的暴风雨如伐木工一般击倒了百年老树？

所有族人都曾在圆形露台上享受它的荫蔽

整个家族以及马夫、羊倌、仆人和工匠都受它庇护

在那些水深火热的日子里，这座朱红的露台曾抵御着大批汹涌
　　如浪潮的兽群。

被鹰一般的战机摧毁的街区在哪里？

被狮一般凶猛跃起的炸弹摧毁的街区又在哪里？

IV

我的心再一次踏上这高大居所的阶梯。

我卧倒在你们脚边，在我满怀敬意的尘埃中

伏于你们脚边，现身的先祖们，你们傲然统治着这间挂满你们

---

1. 原文为曼丁戈语 Dyâli，意为行吟诗人。

面具的广室，那是蔑视时间的面具。

我童年忠诚的女仆啊，我的双脚如今沾满了所谓文明的污泥。

请将纯洁的水浇灌在我的双脚之上，女仆啊，只有雪白的鞋底
　　能踩在静默的草席之上。

和平和平，我的先祖们，请将和平印刻在我的额前。

V

卓尔不群的你，姆比塞尔的大象，你对歌颂你的行吟诗人如此
　　亲切

他同你分享美味佳肴，油脂在唇间绽开

他同你分享大河骏马，那是来自黍米之主、棕榈之主、锡内国
　　王们的礼物

他们曾在迪亚考扎下长矛，立下强硬的权威。

在所有国王中，这位姆博古[1]有着沙漠般的肤色；格洛瓦[2]曾在
　　他离去之时泪如雨下

这如露水般纯净的泪雨也曾为太阳神的死亡而落下，这位神
　　祇消失在如海一般的平原上，湮灭在如浪潮一般的战士尸
　　骸中。

---

1. 此名为缩写，全称为 Sambodj Mbodj，源自瓦洛王国，塞雷尔人在锡内定
居后，他们也来到此处定居。
2. 原文塞雷尔语 Guelowar，指曼丁戈征服者的后代，贵族。

VI

姆比塞尔的大象，借助你双眼无法捕捉的耳朵，我的先祖们听
  到我虔诚的祷告。

愿神赐福于你们，我的先祖们，愿神赐福于你们！

那些手握财富和土地的商人、银行家和领主们，他们在郊区竖
  起一座座如树林般的烟囱

——他们买到了高贵身份，但他们出生的母胎却是一片黑暗

这些商人和银行家将我从祖国放逐。

他们给我光荣的军队刻下"雇佣兵"的烙印

他们知道我不求回报，十个苏足以抚慰我如尘烟般的梦境，一
  捧乳汁足以洗净我的忧郁苦涩。

若在败北的战场上我曾种下忠诚的种子，那是因为上帝用他坚
  实的巨掌击中了法国。

愿神赐福于你们，我的先祖们，愿神赐福于你们！

你们曾宽容接纳不敬与嘲笑，饶恕礼貌的触犯与隐蔽的暗喻

也曾忍受封锁与隔离。

于是你们从这颗过于多情的心上拔去了一切与世界脉搏的
  连接。

愿神赐福于你们，你们不允许仇恨铺满这颗凡人的心脏。

你们知道我曾结交思想匮乏的君主，也曾结交金玉其外的君主

我曾吃过使得不计其数的工人和失业者饥肠辘辘的面包

我也曾幻想过一个阳光普照的世界，在那里我和我蓝眼睛的兄
　　弟们亲如手足。

VII

姆比塞尔的大象，我为那高门大户周边空荡荡的商铺鼓掌。

我热烈喝彩！商人倒闭万岁！

我为这被白色羽翼遗弃的海湾庆贺

——就让鳄鱼在茂密的荆棘丛中狩猎，就让海潮般的牛群悠闲
　　吃草！

我点燃了赛科 [1]，这堆成金字塔的花生俯瞰着整个村庄

又点燃了坚固的码头，海面之上，意志坚不可摧

在嘶嘶马鸣和哞哞牛叫中，我唤醒了家畜群的喧闹

夜晚，月光般的长笛声与海螺声悠扬地伴着兽群喧嚣

我唤醒了脚踏朝露的女仆队列

她们头顶盛着牛奶的大葫芦，四平八稳，合着胯部摇晃的节奏

在黍米和稻米的香气中，我唤醒了驴子和单峰驼排成的沙漠
　　商队

它们在玻璃的熠熠流光中穿行，队内笑脸盈盈，银铃清脆。

我唤醒了我的农人美德！

---

1. 原文 séco，源自葡萄牙语，意指堆成金字塔形状的或成袋包装的花生。

　　　　　　　　　　　　　　　　　　阴影之歌

VIII

姆比塞尔的大象，请听一听我虔诚的祈祷。

请赐予我廷巴克图[1]的大学者们那般热诚的学识

请赐予我桑尼·阿里[2]的意志，这位诞生于狮神涎水中的孩
　　子——他如旋风一般横扫千军，征服了整个大陆。

请向我吹送凯塔王朝[3]智慧的气息

请赐予我格洛瓦的勇气，让我像国王的卫兵一般披甲持戟。

请让我为人民的利益献出生命，即使直面连天炮火，马革裹尸
　　也在所不惜。

请将人民最好的爱意保存在我被解放的心灵中，任其生根
　　发芽。

请让我成为你的发言人；不，请任命我为它的使者。

IX

愿神赐福于你们，我的先祖们，庇佑着回头浪子的先祖们！

我愿再重返家中右侧的女眷内室，我曾在那儿与白鸽嬉戏，与
　　我的兄弟们——狮神的儿子们——玩耍。

---

1. 传说中的城市，位于西非，曾被桑海帝国征服。
2. 桑海帝国的国王，生活在 15 世纪。
3. 由曼丁戈人传说中的民族英雄松迪亚塔·凯塔创立的王朝。

啊！我愿再一次躺在我童年那张凉爽的床榻上

啊！那双如此亲切的黝黑的手再一次送我入眠

我的母亲也再一次展露明亮的笑容。

明日我将踏上去往欧洲的路，踏上通向使馆的路

带着对黑皮肤祖国的乡愁。

黑色祭品

1948

卷首诗

致L.-G.达马斯[1]

你们，塞内加尔步兵团，在天寒地冻、尸横遍野中依然掌心炽
  热的我的兄弟们

若非你们出生入死的战场兄弟，谁能为你们唱这一曲赞歌？

我不会允许大臣抑或将军替你们发声

我不会允许——绝不！——那些伪装成褒奖的蔑视将你们悄无
  声息地埋葬。

你们不是一贫如洗，声名狼藉的可怜人

而我将撕碎那些绘制在法国墙上的，巴娜尼亚[2]广告上的笑容。

因为那些诗人们歌颂在蒙巴纳斯夜晚摇曳的假花

他们歌颂那些懒洋洋地穿行在如云纹织锦和长袍般流动的运河
  之上的船舶

他们歌颂那些患了结核病的诗人心中，那卓绝的苦闷

因为诗人们歌颂那徘徊在优雅白桥下的流浪汉的美梦

因为诗人们歌颂英雄，而你们的笑容不够庄重，你们黝黑的肌

---

1. 莱昂-贡特朗·达马斯（1912—1978），法国诗人，黑人性运动创始人之一。
2. 法国著名的巧克力粉品牌，包装上印有笑容夸张的塞内加尔步兵形象。

肤不够典雅。

啊！请别说我不爱法国——我不是法国，我很清楚——
我知道这烈火般的民族，每当双手得到解放，都会在民族志第
　　一页写下博爱
我知道这民族将对精神和自由的渴望分发给所有被郑重邀请至
　　天主教宴席的人们。
啊！难道我被隔离得还不够吗？而为什么这颗炸弹
会在这片饱经风霜地由荆棘丛的一枝一叶成长而来的花园中？
为什么这颗炸弹会被投向这一砖一瓦艰难垒成的屋子？

请原谅我，茜拉-巴德拉尔，请原谅那流淌着我的血脉的南部
　　之星
请原谅你的侄孙，如果他为了追寻科拉琴的十六种音色而掷出
　　长矛。
我们崭新的崇高地位不在于统治人民，而在于成为他们的律动
　　和心脏
不在于靠土地供养，而应该像黍米的谷粒那般腐烂，肥沃土地
不在于成为人民的头领，而在于成为他们的口舌与小号。

若非你们出生入死的战场兄弟，谁能为你们唱这一曲赞歌

你们，塞内加尔步兵团，卧在天寒地冻、尸横遍野中依然掌心
炽热的我的兄弟们？

巴黎，1940 年 4 月

埃塞俄比亚

示巴族的召唤（为两把科拉琴所作之歌）

致皮埃尔·阿希尔[1]

母亲，愿神赐福于你！

我听见了你的声音，在我陷入今夜欧洲这阴晦的寂静之时

我被困于这雪白冰冷、整齐笔挺的床单之下，被困于这错综复
  杂，将我裹挟的焦虑恐慌之中

我听见了你的声音，在枯叶如惊恐的疾鹰那般袭击我之时

又或者是在面对旋风般袭来的坦克炮火，惊惶的黑人战士扑向
  我之时

而他们的长官一声惨叫，身体旋转着倒地。

噢，母亲！我听见你愤怒的声音。

你赤红的双眼怒目而视，点燃了晦暗的夜晚与荆棘，仿佛我离
  家出走那日一样

——我无法对盐碱滩涂上那纯净的贝壳、泉水与蜃景无动于衷

那一日你气得双唇凸起扭曲，下巴颤抖。

II

母亲，愿神赐福于你！

---

1. 桑戈尔的私人秘书。

我忆起从前的日子，那些在迪洛尔[1]的夜晚

那些夜晚，来自天外的光洒在夜色中格外柔和的土地上。

我站在屋子的台阶之上，这屋子在黑暗中愈加幽深。

我的兄弟姐妹们与我相互紧靠，在我的胸口留下他们如雏鸟般
　　源源不断的温热。

我将头倚在我的乳母恩嘉的膝上，那位女诗人恩嘉

战鼓擂擂，如战马奔腾，我纯净的血脉奔涌不息，我的头随之
　　嗡嗡作响

脑海中响起孤女孔巴[2]遥远动听的歌谣。

庭院中央，榕树孤零零伫立着

男人的妻子们在它的月影下闲谈，声音低沉深邃，她们的双眸
　　亦是如此，费姆拉[3]夜间的泉水亦是如此。

而我的父亲仰躺在舒适安宁的草席之上，如此高大如此强壮如
　　此健美

在这位来自锡内王国的男人周围，格里奥们的手指在科拉琴上
　　热烈起舞，奏出雄浑的曲调

馥郁热烈的香气扑面而来，远方升起百兽古典的喧嚣。

---

1. 塞雷尔人的村庄，诗人的父亲在此地有产业，诗人生命的前7年在此
度过。
2. 塞内加尔人神话故事中的一位女英雄。
3. 塞雷尔人的村庄，毗邻迪洛尔。

III

母亲，愿神赐福于你！

我不会像东风吹乱小道的石子那般吹皱这些虔诚的画像。

当我听见你的声音时你却不曾听见我，仿佛一位焦虑的母亲忘
　　记按下通话键

我的脑海中北风凛冽，劫掠者横行，但我不曾抹去父辈和先祖
　　们的足迹。

母亲，在这挤满了拉丁人和希腊人的房间内，请你闻一闻我内
　　心那暮色中祭品的气味。

愿我的守护神们允诺我，我的血液不会像被同化者和受教化者
　　那样变得寡淡稀疏。

尽管姗姗来迟，我依然站在长者身边，献上一只纯色的雏鸡，
　　只为在乳汁和高粱酒之前

让正当壮年、满身油脂的公牛那腥咸温热的血液，喷洒在身
　　上，溅射在我肉感的双唇之上。

IV

母亲，愿神赐福于你！

在两代人甚至更长的时间里，我们的黎明因行省总督的统治而
　　动荡流血，你的眼睛难道没有被朝霞染红，就像那高大的

草木被屠戮的火光染红一样？

母亲，你仍为那些在睡前薄弱时分叛变的人流泪，当家家户户
　　大门紧闭，当小狗朝着魂灵吠叫

如此度过了九年；而我，你的儿子，我沉思，我锤炼自己的巨
　　口，解放的共鸣与号角在其中回荡

一片昏暗中我锤炼着，母亲——我的视力过早地衰弱了——在
　　这无色无味的沉寂与混沌之中

我就像那低劣的铁匠。从此不再有主人奴隶，不再有战士、巫
　　乐师

有的只是平和坚定的战斗情谊，愿我能对俘虏的儿子一视
　　同仁，愿我能与世代仇敌的摩尔人[1]和图阿雷格人[2]握手
　　言和。

拉斯德斯塔[3]山民般的呼号声横贯整个非洲大陆，像一把坚定
　　的长剑刺进她腐烂的腰间。

这呼号压制了满腔怒火的机关枪的劈啪子弹声，向商人的飞机
　　发起挑战

而此时一声悠长的呻吟响起，比一位母亲在年轻男子墓前长久
　　的哭诉更加悲切

这呻吟在那最南边的矿场响起。

---

1. 指西班牙和北非的阿拉伯人或柏柏尔人。
2. 指撒哈拉沙漠周边地区的游牧民族。
3. 著名的埃塞俄比亚将领，曾率领军队于1935年至1937年抵抗意大利入侵。

V

母亲，愿神赐福于你！

我曾见证——那是在哪一个被啾啾鸟鸣唤醒的黎明？——解放
　　之日。

那是一个流光溢彩的日子，到处飘扬着色彩明亮的旗帜与
　　小旗。

我与我优秀的同僚们，我们相聚于此，如同战争初期匆匆返乡
　　的国民那般

还有我儿时的玩伴们，还有其他的朋友们，其他我甚至并不
　　认识的面孔，但却从他们狂热的眼神中与之一见如故的朋
　　友们。

我们奔赴对董事会的最后一击——正是它操纵着殖民地
　　长官。

在进攻的前几分钟——子弹像大口饮进腹中的美酒一般填
　　满了弹匣；穆斯林带着牛奶和他们所信奉的所有护
　　身符。

死亡也许就在山丘上等待着我们；生命向终点迫近，在这高歌
　　的日光中

在这醉人的胜利中；高地之上，空气纯净，大腹便便的银行家
　　们曾建起红砖白瓦的华丽别墅

远离郊区，远离本土街区的一切苦难。

VI

母亲，愿神赐福于你！

请在他所有的同僚中认出你的儿子，就像你曾在所有的竞争者
 中认出你的冠军一样，萨努的冠军[1]！

从他高挺的鼻梁和纤细的关节处你认出了他。

前进吧！哦，品达[2]，请你不要唱起颂歌！而应发出激战中的呐
 喊，短刀出鞘，铿锵作响

而应高唱那从我们黄铜般的口中响起的，瓦尔密[3]战场上的马
 赛曲，在血腥阴影的笼罩下，这曲调比重若大象的巨型坦
 克更加声势浩大，锋芒逼人

这天主教的马赛曲。

如今我们相聚于此，面色各异——有的深棕如烘焙咖啡，有的
 亮黄如香蕉，有的则是稻田般的肤色

我们身着各式服装，有着各色民俗，口吐各种语言

但在激烈颤动的长睫之下，我们的眼中回响着同样的苦痛

我们之中有卡菲尔人[4]、卡拜尔人[5]、索马里人、摩尔人，还有芳

---

1. 原文为塞雷尔语Kor-Sanou，Kor指竞技中的冠军，相连的人名一般是竞
技者的姐妹或未婚妻。萨努是桑戈尔的姐姐，所以此处就是指诗人本人。
2. 古希腊抒情诗人。
3. 法国北部城市，第一次反法同盟战役之一爆发于此，同时也是法国大革命
战役之一。
4. 指非洲南部的黑人。
5. 北非民族，柏柏尔人一支。

人[1]、丰人[2]、班巴拉人[3]、博博人[4]、曼迪亚戈人[5]

我们之中有游牧人、矿工、领受补助者，有农民和工匠，有领
    取奖学金的学生和步兵

还有所有参与这场兄弟之战的白人劳动者。

有奥地利的矿工、利物浦的码头工人、被德国追捕的犹太人，
    有杜邦有杜普伊还有所有从圣但尼来的小伙子们。

VII

母亲，愿神赐福于你！

请从他双眼的真挚中认出你的儿子，那是发自内心，源自家族
    的热忱

请认出他的同僚和战友，在你赤红的暮年向他们致敬

拂晓初现，又是崭新的一日。

图尔，1936 年

1. 非洲赤道地区部落。

2. 贝宁部落。

3. 西非曼德民族部落。

4. 西非民族，主要生活在布基纳法索西北部。

5. 卡萨芒斯的一支部落。

地中海

我重复你的名字：迪亚罗[1]！

我们双手交叠；我们说着两门如姐妹般相似的语言，思想在深

　　夜碰撞。

那是地中海，是有着明亮肤色的民族的腹地，我从未见过那么

　　蓝的海

海面在阳光下波光粼粼，仿佛无数笑盈盈张开的双唇

十艘军舰划出笔直的航线冲来，如同一个个细长的枪口，向阿

　　尔梅里亚[2]展开轰炸，炮声震天

炮火之中乌黑的城墙支离破碎，血浆四溅

就像手榴弹的攻击下孩子们燃烧的头颅。

我们谈论着非洲。

一阵和煦的风为我们送来黑人女子身上尤为热烈的香气

又或者这香气来自一片高粱地，风吹动厚重的高粱穗摇摆碰

　　撞，一粒金棕色的尘埃飞舞。

我们谈论着富塔

你的面孔如此典雅，双眸如此幽暗，你男子汉的话语又是如此

　　温柔

---

1. 富拉人常用名，有"勇敢"的意思。
2. 西班牙南部地中海沿岸城市。

你的家族也应是高贵的，出身名门的廷博妇女合着大地夜晚的
　　节奏哄你入睡。

我们谈论着黑人的国度

我们如兄弟般亲密地肩并肩，像夜晚交叠成堆的缆绳。

非洲就在那里，在那缀满星星的黝黑脸颊之下，白昼的世俗之
　　眼无法窥见她

非洲在那摇晃吵嚷的货舱底层，舱内流言四起，说暴风雨即将
　　来临。

飞扬的笑声与黄铜般的欢呼声像达姆达姆鼓的鼓点一般欢腾起
　　舞，两百种语言交织在一起

这满是生机的气息从底层溢出，像风一般四散在满是拉丁人的
　　空间中

这气息吹向顶层甲板，那儿站着一位年轻的姑娘，她从家乡的
　　大区和宽阔的街道中逃离

摆脱了舞会上舞伴的怀抱和探戈舞曲的结尾数拍

神秘大陆渐近，她幻想着那充满男性气息的森林，和那不开花
　　的荒野……

在你我分别之际，一颗硕大的星星升起，照亮你光滑的前额。

而我重复你的名字：迪亚罗！

而你重复我的名字：桑戈尔！

　　　　　　　　　　　　　　　　　　达喀尔，1938 年

　　　　　　　　　　　　　　阴影之歌

致为法国阵亡的塞内加尔步兵战士

这是太阳

它让处女献上自己的胸脯

它让老人在绿色的长凳上微笑

它能唤醒埋葬在故乡的亡者。

我听见大炮的轰鸣声——那是从伊伦[1]传来的吗？

他们向墓前献花，温暖那无名的战士。

你们，我那黑皮肤的兄弟们，无人叫得出你们的名字。

他们向你们那五十万名孩子承诺会将荣誉授予未来阵亡的战

　　士，他们提前感谢这些即将战死沙场的黑皮肤士兵们。

黑色耻辱[2]！

请听我说，塞内加尔的步兵们，你们身处黑暗的土地与死亡的

　　孤独中

身处目不能视耳不能闻的寂寞中，你们比我这身处法国外省的

　　黑人更加寂寥

你们甚至不再躺在温热的战友身侧，就像曾经在村庄的战壕中

---

1. 西班牙巴斯克地区主要城市之一，位于西法边境。

2. 原文为德语 die schwarze schande，指20世纪20年代初，法国的殖民军队占领了莱茵兰，魏玛德国政府为了指责法国而主导一系列带有种族主义色彩的舆论宣传，称为"黑色耻辱"。

亲密交谈那般

请听我说，黑皮肤的步兵们，尽管你们目不能视，耳不能闻，

深处这三重包围的黑暗中。

我们没有为你们雇佣出殡的哭丧妇，你们久未相见的妻子甚至

也不曾流泪

——她们只能忆起你们滔天的怒火，生者的热情更教她们

偏爱。

哭丧妇的悲叹过于字正腔圆

你们妻子泪湿的脸颊干得太快，就像旱季的富塔，过境的暴雨

那般短暂

最为滚烫，却又过于明晰急速的泪水，流入漫不经心的唇角。

我们为你们带去，请听我们说，我们曾在你们阵亡的那些年月

里逐字拼读你们的名字

我们，在这充满了恐惧与遗忘的日子里，为你们带去老战友的

情谊。

啊！能否有那么一天，我用明亮如火光般的嗓音，歌颂

战友之间那如肺腑般热情赤诚，如跟腱般精细坚韧的友谊。

请听我们说，那位于北方和东方平原深处，长眠水底的亡

者们。

请收下这片红色的土地，盛夏的日光下，这土地被白人祭品的

鲜血所染红

请收下你们黑皮肤的同伴向你们奉上的敬意，塞内加尔步兵团
　　的战士们

为共和国而死的亡者！

图尔，1938 年

卢森堡1939

这卢森堡的清晨，这卢森堡的秋日，如我青春已逝的人生一般
　　寂寥

没有游人没有流水，河面没有船只，没有孩童亦没有鲜花。

啊！九月的鲜花和阳光下孩子们的喧哗声曾抵御着即将来临的
　　寒冬。

只有两个老家伙，试着打会儿网球。

这不见孩童踪影的秋日清晨——儿童剧院早已关门！

在这样的卢森堡我再也寻不回我的青春年华，那如青草地般清
　　新活力的岁月。

或许我的愿景已然失败，就像我的战友们被绝望地击败那样？

他们如一片片落叶般接连倒下，他们日渐衰老，他们遍体鳞
　　伤，他们被蹂躏至死，鲜血淋漓

黑色祭品｜1948

他们的尸体会被抬进哪一个公共墓穴？

我再认不出如今的卢森堡，认不出这些站岗的士兵。

人们架起大炮，只为保证议员们顺利撤离

人们在长椅下开挖战壕，而我曾在那长椅上品味过柔软微张的
　　双唇。

这张告示，啊！是的，危险的青春啊！……

我看见那些树叶凋落在人造的避难处，凋落在墓穴里，凋落在
　　战壕中

一代人的鲜血流淌成河

欧洲将国家的根系与新民族的期望都深埋地底。

一位自由志愿兵的绝望

　　"我无法理解，"军士说道，

　　"一个塞内加尔人——竟是志愿兵！"

他到达此地已经十五天了，整日徘徊不前，反复思量自己刚犯
　　的傻

以及新受的辱——他额头冒着汗！——人们用假币来报偿他的
　　牺牲。

他甚至连这五十生丁也并未要求——他分毫不求

他只求死后能被给予人的身份。

人们给了他杂役的服饰，而他曾幻想能穿上烈士洁净的长袍

噢天真！生而天真！他曾幻想能戴上小圆帽，为他自由而被驯
　　服的双脚穿上军鞋

他探出身，看着门洞大开的庭院，和下方的四排窗户

他探出身，人间炼狱般的平原被战壕划出道道伤痕，腐烂的尸
　　体犹如永不发芽的种子

他探出身观察这堆积成山的孤寂坟冢。

远处，来自东方的风与来自北欧的时间之主使苏丹的平原干
　　涸了

黝黑发亮的优美道路顺着沙漠边缘延展，此地不过是沙漠，是
　　税收，是劳役，是沉重的皮鞭

只有忆及大西洋沿岸那青翠的牧场时，他们才会因止不住的渴
　　意而口舌生津

在这些满是科技成果的村庄里，即便是工程师修建的水坝也无
　　法平息他们灵魂深处的渴望。

他将衣领——领带遮盖了衬衣上的汗水痕迹——从一件不起眼
　　的外套上脱下。

他探出身望向第二片平原，那里挤满了戴着小圆帽的战士，鲜
　　血四处流淌，这片平原像企望一场友善的雨水一般渴求着

爱意

这遍野的哀嚎与连绵的平原悄无声息地融为一体。

他踮起脚尖，探出身子，极目远眺，只为打破这绝望的囹圄

他没有发觉那些死者，那些成堆的死者覆盖于田野上，在布满
　　　星星的珍贵夜色中，这绿油油的田野，仿佛受到鲜血的灌
　　　溉和尸体的滋养。

他能否在天际之外看到那传说中失落的天国？

他探出身。这空荡荡的地方，这毫无希望的国度，如同炮火下
　　　的枯树一般，困住了他。

如今只剩一种气味，一种空虚的头晕目眩占据了他的脑海。

那是死亡带来的令人心醉的甜蜜，噢！万念俱灰，苦痛
　　　全无。

一阵风晃晃悠悠，身体跟着摆动——在这欢快的氛围中，舞者
　　　是如此优美！——旋即

猛然坠落，这令人心醉的甜蜜！

噢，脆弱，多么脆弱的孩子！你是神明忠诚的叛徒。

塞内加尔步兵团的祈祷（为两把科拉琴所作之歌）

主啊！愿我能与你交谈，你是那黑暗的存在

并非因为共和国任命我为人民的国王或是四市镇[1]的议员。

而是因为我土生土长于非洲国度，我生来便在阶层、种族与道
　　路交织的十字路口

而如今我只是一个二等兵，混迹在所有卑微的小兵之间。

主啊你是微风的耳朵，能听见夜间茅屋内的窃窃私语

他们说人们悄悄启动了那台收割高昂人头的机器

你心知肚明——温顺的平原放任自由的志愿军发出尖锐的
　　抗议

他们献出了自己神的肉体和竞技场上的荣耀，为人类的天主教
　　荣誉而战。

II

"在欧洲的土地上，我们被赶下了船，解除了武器，留给我们
　　的军饷只有死亡"

——请听一听他们的声音，主啊！——

"身为启蒙者一般的父亲，难道我们只能眼睁睁地旁观我们年
　　幼的孩子长大？

我们再无法参与丰收季的喜悦

我们再听不见孩子们的声音，他们遗忘了四周的宁静，也忘却

---

1. 指塞内加尔境内四个最古老的法属西非殖民城市。

了为生者哀叹

再听不见夹杂在弹弓欢乐的呼啸声中，在金色的羽翼和尘埃中
的，孩子们的欢呼声！

我们将为了一个已然荒废的节日反复跳着曾经丰收季的舞步，
稠密的人群跳着轻盈的舞步

属于我们丰收季的舞步，在秋夜的军营中跳起激烈的舞蹈，
哈！那时也许没有硝烟，也没有战争的呼号。

我们再无法参与丰收季的喜悦，再无法在运动会的尾声翩翩
起舞

在这被预言的清晨，当合唱团少女们柔弱的声音变得温情脉
脉，当漫天星辰绽开笑容

当我们相似的身体相似的肩膀在激烈颤抖时，我们再无法拥有
那发声的嘴，再无法摘下喧嚣内心的丰硕果实！

哦！你知道我们是否会在丰收季上畅快呼吸，是否将再一次跳
起重生之舞。"

III

"在春天那极度的凉爽和夏天那预料的混沌之间，请让我细细
体会生活的短暂愉悦

在枯萎的花朵和沙沙作响的麦穗之间，请让我品味生活苦涩而
甜蜜的伤感之意。

在小麦和我们不在收获期榨取的葡萄散发出醇厚香气之前，是
　　的在此之前

我们将先行品尝法兰西土地之甘甜

幸福的土地！在这里工作的自由与苦涩成为了明快的甜蜜。

我们不知道是否还能在丰收季上畅快呼吸，不知道又将为了哪
　　一项正义事业而拼搏战斗。

倘若有人雇用我们！……"

IV

"主啊，请你听一听我们狂热的信仰，那是我们的献祭

请你接受由我们的肉体组成的祭品，请尽情挑选这些完美黝黑
　　的身体

他们是甘愿为你驱雷避害的牺牲者。

我们一道为你献上我们的同伴——法国农人的躯体

在死亡后，我们才初次握手交谈

尽管身体关节粗大，繁重的工作留下蜿蜒曲折的皱纹，他们仍
　　然如纯种的上等小麦一般，茁壮生长，优质精良。

身为启蒙者一般的父亲，为了让我们年幼的孩子在我们之上茁
　　壮成长

我们在他们的脚边变作一捧腐烂的树叶沤成的腐殖土

或变作一堆被收割被折断的枯木与茎秆燃烧所剩的灰烬。

为了他们能够在无边的平原上繁茂生长，像苏那[1]和撒诺[2]那

　　样，而不是被马啃食的巴西[3]那样。

为了白皮肤的孩子和黑皮肤的孩子——此处按字母顺序排

　　列——法国同盟国的孩子们能携手并肩

就如诗人预见的那般，就像阵亡者纪念碑上的登巴-杜邦[4]那般

为了有害的仇恨不再束缚他们解脱的步伐

为了他们能够面带笑容长大成人，而面对敌人时则像电闪雷鸣

　　般可怖。"

V

"因为你是统率千军的上帝，是主宰强者的上帝，这群如此相

　　似又相异的人民才聚集在这最后的堡垒，决一死战。

我们不抗拒最后时刻极度的紧绷，不抗拒即将到来的艰涩而甜

　　美的死亡

你知道的，我们拒绝模糊含混的酒醉

只有盛夏激战的狂吼，能使我们群情激昂，醉心不已。

然而在这进攻前夜的柔情时刻

────────

1. 曼丁戈语，指早熟的黍米。

2. 曼丁戈语，指晚熟的黍米。

3. 沃洛夫语，指高粱。

4. 位于塞内加尔首都达喀尔的一组雕像，名字取自两个虚构人名，象征着塞

内加尔和法国的结合。

主啊，噢！请让我们在春天若有似无的叹息中延长这片刻间隙

在这片于记忆遗落之时被我们大洋洲的先祖所歌颂的土地上

有着地中海湛蓝的真福。"

请听一听他们的声音，主啊！

巴黎，1940 年 4 月

战俘营1940

致格洛瓦

格洛瓦！

我们曾聆听你的话语，我们用内心的耳朵捕捉你的声音。

你的声音是如此明亮，在我们牢狱的黑夜中光芒四射

如同现身荒野的上帝之音，我们那如波浪般起伏的弯曲背脊颤

  抖得多么厉害啊！

我们是从鸟巢中跌落的雏鸟，是衰败的行尸走肉

是被削去利爪的猛兽，是被除去武器的士兵，是赤身裸体的人。

我们如今就像没有手的盲人一般僵硬笨拙。

我们中最纯净的人便是死去的人，他们无法咽下羞愧的苦痛。

我们如今落入网中，被送至文明之人的野蛮之地

如非洲疣猪一般被赶尽杀绝。荣耀属于坦克，荣耀属于飞机！

我们曾试图寻找支援，支援却如沙丘般崩塌

我们的长官，他们不知去向，我们的伙伴，他们不识旧友

而我们也再辨认不出法国。

夜深人静，我们哭诉自己的苦难。没有一个声音回应我们。

红衣主教们沉默不语，政客们转而高歌鬣狗的高尚

"此事事关黑人！此事事关全人类！不！当涉及欧洲时，那就

是另一回事。"

古尔沃!

你的声音向我们讲述荣耀、希望与战役,它们的羽翼在我们胸
　　中鼓动

你的声音向我们展望共和国,我们未来将在蓝天之下建起城市

在那里所有人平等友爱。我们交相应和:"现身吧,噢古
　　尔沃!"

亚眠战俘营,1940 年 9 月

致总督埃布埃[1]

致亨利·埃布埃与罗伯特·埃布埃

白鹰盘旋在群岛海面之上嘶鸣,仿佛正午前的太阳发出的刺眼
　　日光。

雄狮有所回应,这位荒漠之王从正午慵懒的昏沉中苏醒。

埃布——埃!你就是神庙与希望矗立之基石

而你的名字意即"岩石",你不再是费利克斯;我愿称你为岩
　　石·埃布埃。

----

1. 指费利克斯·埃布埃,法国殖民地官员,第一位黑人总督。

勇猛的年轻神祇傲然屹立，他们射出的目光如交错的闪电

他们掀起飓风，飞隼翱翔于轰炸机群之上

在这股傲气的强大威压之下，远方的大地也在颤抖。

埃布——埃！你是吼声短促的雄狮，你昂首挺立，你断然拒绝！

你是黑色的雄狮，有着洞察未来的双眼和象征荣耀的狮鬃

就像桑海帝国的阿斯基亚大帝[1]一般，你是威风凛凛，面带笑
　　意的总督。

你是我非洲大陆的，朴实无华的骄傲，是这片子孙都已离去的
　　土地的骄傲

三个世纪的血汗劳作也不曾使你卑躬屈膝。

埃布——埃！你是一块长满青苔的岩石，只因你坚不可摧，只
　　因你岿然屹立。

无数个民族操着无数种语言，秉持着你鲜红的信仰大声疾呼

这团曾将你燃尽的火焰，如今也点燃了沙漠与丛林

非洲站起来了，黑人与他的褐色姐妹站起来了。

非洲成了白色的利刃，非洲成了黑色的祭品

只为人类希望长存。

巴黎，1942 年

---

1. 阿斯基亚·穆罕默德一世，15 世纪晚期桑海帝国的皇帝。

战俘营1940

致阿卜杜拉耶·理[1]

订婚的花园被夜晚突如其来的龙卷风损毁殆尽

纯白的丁香折断了，铃兰的香气黯淡了

未婚妻们不得不动身前往微风吹拂的群岛与南河地区。

绝望的怒吼横贯这个洋溢着酒香与歌声的国度

犹如一把闪电般的短剑，自东方至西方横插进她的心口。

这是一座满是污泥和树枝的开阔村庄，两条臭气熏天的地沟令
    其备受折磨。

在麻木迟钝的乏味夏日，仇恨与饥饿在村中发酵。

这是一座被令人恼怒的铁丝网重重包围的庞大村庄

这是一座被四架残暴易怒的机关枪枪口瞄准的庞大村庄。

伟大的战士如今为了几个烟屁股乞讨

他们与狗夺食，在梦中也如猫狗一般大打出手。

但也只有他们珍藏了自己纯真的笑容，和那如火焰般自由的灵魂。

夜色降临，血泪涕泣拉开了夜晚的序幕。

他们守护着粉色皮肤的高大孩子，也守护着他们金色皮肤与白
    色皮肤的高大孩子

---

1. 塞内加尔历史学家、学者、政治家。

孩子们辗转反侧，忧思萦绕，因为囚禁而烦闷。

夜里讲着故事哄他们入睡，低沉的声音沿着宁静的小路飘散

摇篮曲轻柔悦耳，却少了达姆达姆鼓声和黑色手掌的拍合声

——就在明日，午睡时分，史诗般的屡景将会出现

日光出巡，倾洒在无边黄沙中白色的稀树草原之上。

风就是林间吉他，铁丝网比竖琴的琴弦更加悦耳动听

屋顶纷纷侧身倾听，星辰眼带笑意，一夜无眠

——在天上在天上，他们的脸是蓝黑色的。

在这座满是污泥与树枝的村庄，空气变柔和了

大地像哨兵一般仁慈，道路也邀请他们重返自由。

但他们不会动身，他们不会抛下自己繁重的劳动，也不会背弃

　　自己幸福的职责。

如果不是这些出身高贵之人，谁来做这些令人羞耻的差事？

谁又在每周日和着饭盆充当的达姆达姆鼓的鼓声起舞？

他们难道不是已经拥有了命运的自由，无拘无束吗？

订婚的花园被夜晚突如其来的龙卷风损毁殆尽

纯白的丁香折断了，铃兰的香气黯淡了

未婚妻们不得不动身前往微风吹拂的群岛和南河地区。

前线战俘集中营 230

谋杀

他们躺在运输战俘的道路上，在这些悲惨的道路上
沿途是纤细的杨柳，是身披金色长袍的黯淡的众神雕像
这群塞内加尔囚犯阴沉沉地横躺在法国的土地之上。

他们试图切断你的笑容，试图折去那朵由你的血肉组成的最黑
 的花，却不过一场徒劳。
在大地荒芜，花朵未开之际，你已是原始之美的那朵花
墨色的花朵，带着庄重的微笑，你是上古时代的钻石。
你们是这人间碧绿春日的软泥与血浆
是那对上古伴侣的血肉之躯，是那多产的腹部是那雄鱼的精液
你们是那天堂般的明亮花园中神圣的丰饶
也是那片抵御了火焰与雷电，势不可当的森林。

你们血液中流淌着的辽阔歌声必将击败机器与坦克
你们扣人心弦的发言必将战胜诡辩与谎言
你们善良的灵魂中不存一丝恨意，你们单纯的灵魂中不含一丝
 奸诈。
噢！黑色皮肤的殉道者、不朽的民族啊，请容我说出宽恕的话语。

前线战俘集中营 230

法国女士

致捷克琳娜·卡霍女士

法国女士，你们是法兰西的女儿

请让我将你们歌颂！愿我的歌声在你们耳中像科拉琴声一般
    明亮。

请接受我的歌颂，尽管节奏并不规整，和音不甚和谐

就像农民献出的牛奶与黑面包，洁净纯粹地躺在他们笨拙不
    安、结满老茧的双手上！

噢！你们像优美的大树一般，在炮火和流弹之下依然昂首挺立

在那些令人难以忍受的日子里，在那些满是绝望恐慌的日子
    里，只有你们伸出了援手

你们是六月骄阳下傲然屹立的塔楼与钟楼

你们是引吭的高卢雄鸡那清亮的回声！

你们的来信抚慰了那些被囚的夜晚，信上字迹轻盈丝滑，如羽
    翼一般

语句温和柔软，如女子的胸脯，文字清脆悦耳，如四月的
    溪流。

小资产阶级女性和农妇们，你们对那些被囚之人也不吝善意

为了他们，你们敢于同比子弹更危险的，狂吠的鬣狗对抗。

他们牢固封闭的同盟只为你们而开放，唯有在你们的眼中他们

朴实的语言

才会如此清澈，正如他们黑色的瞳孔和透明的水流那般。

唯有你们能听到那像遥远的达姆达姆鼓声一般的心跳声

只要你们下马俯身，将耳朵贴在大地上倾听。

对他们而言，你们是母亲，你们是姐妹。

法兰西的火光，法兰西的花朵，愿神赐福于你们！

姆巴耶·迪奥卜[1]之赞歌（塔马鼓之歌）

姆巴耶·迪奥卜！我要呼喊你的名字，叙述你的荣耀。

迪奥卜，我要在返航的桅杆上将你的名字高高挂起，我要呼唤

    你的名字，就像敲响胜利的钟声

我想要高歌你的名字——迪奥别内！而你将我称为导师

在那寒冷冬夜，我们围坐在释出凉意的鲜红火炉旁，是你用热

    忱温暖了我。

迪奥卜，你不知道自己的身世源起，也不知该如何度过漫漫长

    夜，因为你无法听到那伴着达姆达姆鼓声响起的先祖之音

---

1. 桑戈尔被囚期间的狱友。

你连一只兔子也不曾杀过，如秃鹫般的炮弹却让你长眠地底

迪奥卜！——你不是上尉，不是飞行员，也不是策马奔腾的骑
　　兵，你不过是隶属辎重队的小兵

不过是塞内加尔步兵团第四军团的一个二等兵

迪奥卜！——我要歌颂你洁白的荣誉。

冈迪奥尔[1]的少女们将会为你建一座凯旋门

用她们弯曲的手臂，用她们白银和赤金的手臂

她们会用来自南河地区的珍贵缠腰布，为你铺就一条荣誉
　　之路。

她们会用嘴巴为你编织一条象牙项链，让你比身着皇室外套还
　　要气派

她们会使你步履蹒跚，她们的声音同摇晃的海浪交织在一起

她们会高唱："你曾对抗的东西比死亡更凶险，比令魔法束手
　　无策的坦克和战机更可怖

你曾直面饥饿与寒冷，你曾忍受战俘所受的侮辱。

噢！勇士，你曾是格里奥和小丑的垫脚石

你在自己受难的十字架上加上数颗钉子，只为不将同伴抛下

只为不打破那心照不宣的协约

只为不将肩上重担留给战友，尽管你的背脊已被全然压弯

---

1. 位于塞内加尔河口处的村庄。

每一夜你的胳膊都疲倦无比，当相握的手又少了一只

你的面容更加黯淡，当照亮你的目光又少了一份

你的双眼更加凹陷，当眸中反射的笑容又少了一个。"

迪奥卜！——如湖泊般的少女们将会为你唱起赞歌，歌声从加
　　布直到瓦洛[1]，从恩贾拉姆[2]直到大海

科拉琴会为她们奏乐，海浪与风会为她们奏乐！

迪奥卜！——我要呼喊你的名字，叙述你的荣耀。

前线战俘集中营 230

伤怀

母亲，他们写信告诉我，你像寒冬腊月的荆棘一般白了头发

而我本应成为你的佳节，成为你丰收季上力量的盛宴

我本应在这收获的季节，让优质的黍米堆满你的粮仓，即便之
　　后六十三年无雨干旱，仍仓廪丰足

你的冠军，萨努的冠军！像一棵卡塔玛戈[3]的棕榈

他头戴摇动的银色翎羽，傲视所有对手

---

1. 塞内加尔河下游区域。
2. 达喀尔附近的一条潮沟。
3. 迪洛尔附近支流左岸的棕榈林。

女人般的长发在他们的肩头摆动，

少女般的心脏在他们的胸中喧嚣。

如今我站在你面前，母亲，一位衣衫褴褛的士兵

口吐异族的语言，你的眼中却只瞧见一个手挂木棍的流浪汉。

如果我能向你倾诉，母亲！而你只能听见啾啾鸟鸣，潺潺水

　　流，却不再能像一个优秀的塞雷尔族女人那般领会

你曾舞弄步枪，枪声劈啪，清脆响亮地表演一出滑稽剧[1]，逗笑

　　了云中的神明。

母亲，同我说话吧！我的舌头从我们那响亮而粗粝的语言上

　　滑过。

但你知道如何说出轻柔悦耳的话语，就像你曾对心爱的儿子吐

　　露的那般。

啊！善意的谎言使我坐立难安

我不再是手握权柄的官吏，也不是信徒成群的修士。

我就像那坦克厚重的履带下萎靡的战士一般，被欧洲碾碎

当我与亡灵擦肩而过，跋山涉水归家之时，我的心灵比曾经的

　　肉体更加伤痕累累。

母亲，我本应在你衰老时成为那株繁茂的棕榈，我多么想令你

---

1. 塞雷尔人在旱季祈雨所表演的一种滑稽剧。

重获青春年华的喜悦。

我只是你受伤的孩子，疼痛的肋骨教他辗转反侧

我只是一个忆起你那母亲的怀抱，泣不成声的孩子。

请在夜晚拥我入怀，用你安定的目光照亮黑暗

再为我讲一讲那些夜间发生的古老故事，故事里我总在陌生的
　　道路上迷了路。

母亲，我是一个只能吃上粗米，蒙受耻辱的士兵。

请为我讲述先祖们的骄傲！

前线战俘集中营 230

致囚徒的一封信

恩戈姆[1]！提亚内的冠军！

我向你致敬，我是你的乡间邻居，也是你的心间邻人。

我向你致以洁白如晨曦般的敬意，在这仇恨与愚蠢交织的铁网
　　之中，

---

1. 桑戈尔被囚期间的狱友。

我以你的姓名和你的荣耀为你命名。

我向塔姆希尔·达尔齐·恩迪亚耶致敬，他从卷卷羊皮纸中汲
    取营养

炼出一条灵巧的舌头，和一双细长的手指

我向诗人桑巴·迪乌玛致敬，他的声音闪烁着花火的光芒，额
    前留下了命运的记号。

我向尼奥特·姆勃迪耶致敬，向你未曾谋面的兄弟柯利·恩戈
    姆致敬

向所有，在自己强壮的臂膀如烈日下的枝叶般萎靡疲倦之时，
    仍每夜颤抖着围坐一圈，聚起友谊之筵的战友们致敬。

我在这孤独又珍贵的居所之中给你写信，我黑色的肌肤时刻
    警戒。

幸福的朋友们，你们无视那一道道玻璃墙和那些明亮通透的
    公寓

它们使镶嵌在先祖面具上的、贮藏在温情往事中的每一颗种子
    都不再发芽。

你们无视美味的白面包，无视牛奶和盐，无视那些不用以果
    腹，而用来区分精英

与市井百姓的丰盛餐食，那群梦游者抛下了他们作为人类的身份

而选择做一只装聋作哑的变色龙，正是他们的耻辱将你们囚禁
    在这座孤独的牢笼中。

你们无视那些餐馆与泳池，而正是你们高贵却饱受排斥的黑人
　　血脉，

正是科学和人道主义精神，令他们在黑人世界的边缘拉起警
　　戒线。

我的哭诉是否要更加强烈？或者请告诉我，你们能听见我的疾
　　呼吗？

我再也认不出这些白人，我的兄弟们

正如今夜的电影院内，他们也迷失在我周身的真空之外。

我给你写信，因为我的书页像烦闷、苦痛和死亡那般一片
　　空白。

请为我在灵柩旁留下位置，让我再次坐上那依旧温热的座位。

让我们的手再次紧靠在一起，从燃烧的稻草中汲取友爱

让那些古老的塞雷尔词语口口相传，像一杆亲切的烟斗。

让达尔齐同我们分享他甜美的果实——那散发着干燥香气的
　　草垛！

你啊，请为我们献上你那美妙的话语，它们如非洲之脐般令人
　　惊叹。

哪一位歌者会在今夜将所有先祖召集至我们身旁

将成群温和的动物和大片宁静的荆棘召集至我们身旁？

谁会将我们的梦境安置在繁星的眼睑之下？

恩戈姆！请托今夜的月光给我回信。

在道路蜿蜒处，我将遇见你直白而游移的话语。那是一只出笼
　　之鸟

你的话语如此质朴地组合在一起；它们被学究们嘲笑，却为我
　　重构超现实的世界

牛奶从你的文字飞溅至我的面颊。

当白昼击败死亡之时，我静待你的回信。

我会像做净手礼那般虔诚地接过它，仿佛它是清晨的露珠。

巴黎，1942 年 6 月

春日之歌（写给一位有着粉色脚后跟的黑人女孩）

鸟儿清脆的歌声盘旋在质朴的天空

青草绿色的气息升腾而起，四月啊！

我听见清晨的气息摇动着窗纱上的白云

我听见高歌的日光洒在我悦耳动听的百叶窗上

我感受到一股喘息，而奈耶特[1]的回忆在我赤裸的颈边翻腾

我那身为帮凶的血液不由自主地在血管内窃窃私语。

---

1. 源于非洲的女性人名，意为漂亮的女人。

　　　　　　　　　　　　　　　　　　　阴影之歌

是你，我的朋友，噢！请听那四月已然温暖的风从另一片大陆
　　　吹来

噢！请听那在碧空中光彩夺目的归燕展翅划过天际

请听鹳鸟极尽舒展那如面纱般的羽翼，发出黑白相间的扑簌声

请听这春天的消息从另一个时代另一片大陆翩然而至

请听这来自遥远非洲的消息，听这来自你血液的高歌！

我倾听四月的活力在你的血管中放声歌唱。

II

你对我说：

——听着我的朋友，遥远而低沉的轰鸣伴着龙卷风猝然而至，
　　　仿佛一团席卷荆棘丛的火焰

我沉重的大脑像被电流贯穿，失去意识，我的血液因恐慌而呐喊。

啊！远方突如其来的暴风雨，那是白人世界燃起的大火，烧毁
　　　了我的非洲那纯粹的和平。

武器的轰鸣划破夜空

请在我们身旁倾听，三百公里的土地上，豺狼在黑夜中嗥叫，
　　　子弹擦枪而出，尖锐刺耳

大炮急促的轰鸣与百吨巨象的嘶吼交织响起。

这还是非洲吗？这动荡的海岸线，这战斗的队列，这笔直连绵
　　　的战线，这钢与火的战线……

请再听一听，那如鹰般凶猛的战机掀起飓风，形成一座座堡
　　垒，空中舰队全力扫射

电光石火之间，各国首都满目疮痍。

沉重的火车头一跃而起，砸向教堂

瑰丽的城市如今比旱季的荆棘还要干渴枯黄，燃起熊熊烈火。

那些高耸的塔楼，人类的骄傲，如同森林中的巨木一般轰然倒下

那些钢筋水泥铸就的建筑顷刻熔化，像是上帝脚边柔软的蜂蜡。

我白人兄弟的血液沿街翻滚，比尼罗河的河水还要猩红——上
　　帝降下了怎样的怒火？

而我黑人兄弟的血液，塞内加尔步兵兄弟们的血液，流淌的每
　　一滴都是烙在我胸膛上的火苗。

悲惨的春日！血腥的春日！这是否就是你送来的消息，
　　非洲？……

噢！我的朋友——噢！我将如何听到你的声音？

如何看到你那对我褐色的脸颊和晒黑的愉悦展露柔情的脸庞？

我何时需要蒙住双眼，堵住耳朵？

Ⅲ

我对你说：

——请听一听那熊熊怒火下的宁静

和那在猛烈强攻的长炮上盘旋的非洲之音

请听一听那疯狂的大脑与激动的呐喊之下，你的心灵和血液的
　　声音。

若上帝要求非洲献上初次收获的最美丽的麦穗，和万里挑一的
　　最俊美的身躯

这是她的错误吗？

若上帝令非洲的子民成为惩戒傲慢民族的笞鞭，这是她的错
　　误吗？

请听那飘扬在仇恨尽洗的天空中的，蔚蓝的非洲之音，请看那
　　大祭司将奠酒浇祭在坟冢脚下。

这声音透出强烈的狂喜，令沐浴在四月暖风中的身体战栗不已

这声音宣告要在这沸腾的春日，柔情蜜意地等待万物复苏。

盎然的生机令墓穴旁的两个新生婴儿啼哭不止。

非洲的声音说：你的亲吻比仇恨和死亡更加强大。

我在你朦胧的眼眸中望见来自东方宁静的光芒

我在你的山峰间嗅到丰收那醉人的甜美。

啊！这颗晶莹剔透的露珠在你的鼻孔间振翅

你的嘴巴像是一株阳光下抽芽的幼苗

又像是一枝色泽如醇厚红酒般的玫瑰，绽放于双唇间的歌声里。

请听一听这则消息，我那粉色脚后跟的黑人朋友。

我听见你那颗如琥珀一般的心脏在春日的宁静中萌芽。

　　　　　　　　　　　　　　　　　　　巴黎，1944 年 4 月

致一位负伤的黑人法国内地军[1]

这士兵在蔚蓝的天空中如此黝黑！黑皮肤的身躯在自由的空气
　　中如此沉重！

这士兵在双肩白衣的映衬下如此黝黑！他的血液在两侧洁白的
　　映衬下如此猩红！

这士兵在澄澈的天空中如此轻盈，他的躯体淌尽了金红色的血
　　液，如此轻盈！

在他宽阔的肩膀之上，看呀！他灵魂的火焰如此轻快。

请安睡在鸟儿如空气般蓬松的绒毛中，这些鸟儿再一次学唱起
　　昨日的歌谣。

安睡吧，你已献出了心灵的富足——愿和平抚慰你入眠！

致美国黑人士兵

写给默瑟·库克

当你被困于那色彩忧郁的囚服时，我再认不出你

当你戴着那没有羽饰的葫芦形头盔时，我再认不出你

我认不出你胯下铁马颤抖的嘶吼，它们只饮水而不进食。

---

1. F.F.I.：Forces Françaises de L'Intérieur 的缩写，指 1940—1944 年德国占领
期间的法国内地军。

大象不再象征崇高，而是史前遗留的沉重野蛮的怪兽。

在你捉摸不透的面孔下，我没能认出你。

只是触摸到你褐色手掌中的热度，

我便自报家门："非洲！"

我找回了遗失的笑容，我向古老的声音和刚果瀑布的轰鸣声致
　　以敬意。

兄弟们，我不知道是否是你们轰炸了那些教堂，那欧洲的骄傲

不知道你们是否是上帝手中用来点燃所多玛和蛾摩拉[1]的那道
　　闪电。

不，你们是上帝仁慈的信使，是寒冬过后春日的微风。

对那些遗忘了笑容的人——他们只知道如何撇嘴微笑

对那些只能品尝到咸湿的泪水，只能嗅到刺鼻的血腥味的人

你们带来了和平的春日，带来了等待尽头的希望。

从此他们的夜晚充盈着乳汁般的甜美，倒映着蓝天的田野覆满
　　鲜花，静谧温柔地吟唱。

你们带来了阳光，微风轻抚，送来流动的低语声、清脆的鸟鸣
　　声和翅膀光滑的拍动声

空中之城因鸟巢而温热。

在欢乐洋溢的街道上，男孩们同他们的梦想玩乐

男人们在机器前手舞足蹈，情不自禁唱起歌来。

1.《圣经》中提及的两座古城，因罪孽深重而被上帝毁灭。

小学女生的眼睑像是玫瑰的花瓣，果实在少女的胸脯上成熟

而女人的臀部——噢！如此曼妙——变得如此沉甸甸。

黑人兄弟们，战士们，你们的唇是引吭高歌的花朵

——噢！寒冬过后生活如此快乐——我向你们敬礼，和平的信
　　使们。

提亚罗瓦[1]

黑人囚犯啊，是的我所指正是法国的囚犯，是否法国真的不再
　　是法国？

是否敌人已窃取了她的容貌？

是否银行家的仇恨已买下了它钢筋铁骨的臂膀？

你们的血难道不曾淌过这个早已遗忘了昨日使命的国度？

说呀，你们的血难道不是早已和他们殉道者纯洁的血液混作
　　一处？

你们的葬礼同希望的圣母的葬礼不是一样的吗？

鲜血、鲜血，噢！我的兄弟们的黑色鲜血，你们沾染了我纯白
　　的床单

你们是使我的焦虑湿润的汗水，你们是使我的嗓音嘶哑的苦痛

---

1. 达喀尔城郊地区的村庄。

　　　　　　　　　　　　　　　　　　　　　阴影之歌

喂！请听听我盲目的声音，那夜晚不闻不语的鬼魂们。

血雨滂沱，如猩红的飞蝗过境！我的心呼唤着蓝天与仁慈。

不，你们不是白白逝去的亡者，噢！亡者！这血液不是温热
　　的水。

这浓稠的鲜血浇灌了我们的希望，令它在黄昏盛放。

这鲜血是我们对荣耀的渴求，我们要成为此处绝对强大的主宰

不，你们不是白白逝去的亡者。你们是不朽非洲的见证者

你们是明日崭新世界的见证者。

睡吧，噢亡者！愿我的声音伴你们入眠，声音中的怒火已被希
　　望浇熄。

巴黎，1944 年 12 月

和平的祈祷（大管风琴之歌）

致乔治·蓬皮杜及克劳德·蓬皮杜

"……如同我们宽恕别人一样" [1]

我主耶稣啊，在我献给你的这本书的尾声，像盛放苦难的圣体
　　盒一般的书的尾声

在大年的开端，当你的和平之光洒在巴黎落雪的屋顶之时

——我很清楚在那风暴与仇恨席卷的太平洋沿岸，我兄弟们的
　　鲜血将再次染红黄皮肤的东方

我很清楚这鲜血就是春天的奠酒，七十年间金融巨鳄们用它来
　　肥沃欧洲的土壤

主啊，我伏在十字架下，受刑的不再是你这棵苦痛之木，而是
　　被钉在旧世界与新世界之上的非洲

她右侧的肩膀在我的国度上伸展，她左侧的胸腔给美洲大陆投
　　下阴影

她的心脏是珍贵的海地，是面对暴政敢于宣告人权的海地

我伏在被钉上十字架的非洲脚边，她已受难四百年，仍一息
　　尚存

---

1. 原文为拉丁文，为《圣经》中《天主经》选段。

我的主，请容许我向你传达，她和平与宽恕的祈祷。

II

我主耶稣啊，请你谅解白人欧洲吧！

诚然，主啊，启蒙时代的四百年间，她的鹰犬在我的土地上留
　　下了贪婪的唾液和凶猛的吠叫

而那些基督徒，抛弃了你的光辉和你心中的宽厚

他们用我的羊皮纸点亮他们的营地，他们折磨我的门徒，驱逐
　　学者与教师

他们的炮火在电光石火间摧毁了傲然屹立的碉堡与山峰

他们的子弹拦腰横贯那些广阔如日光般的帝国，从西方尖角直
　　至东方地平线

仿佛在猎场狩猎一般，他们焚烧了那凛然神圣的森林，拉拽先
　　祖和神明那安详的胡子。

而他们将自己神圣的奥义变成梦游的资产者的周日消遣。

主啊，请宽恕这些白人吧，他们将阿斯基亚勇士变成游击队
　　员，将我的帝王变成军士

将我的家仆变成侍者，将我的农人变成受雇佣者，将我的人民
　　变成赤贫者。

你须宽恕这些将我的孩子当做野象狩猎的人。

他们用皮鞭抽打我的孩子，将他们变成白人的黑人奴仆。

你须遗忘这些将我的千万子民关进隔离船舱运送出海的人

其中两百万人民惨遭杀害。

他们令我的英雄迟暮，孤独地徘徊在夜间的丛林和白日的稀树
　　　草原中。

主啊，我清澈的双眼水雾朦胧

如今仇恨的蟒蛇在我的心中抬头，我曾以为这蟒蛇已死……

III

主啊，请将这巨蟒杀死，因为我应当坚持自己的道路，而我尤
　　　其想为法国祈祷。

主啊，在所有的白人国家中，请将法国安置在圣父的右侧。

噢！我很清楚欧洲亦是如此，像北方盗牛的土匪一般，她夺走
　　　了我的孩子，只为肥沃自己的甘蔗地和棉花地，因为黑人
　　　的汗水便是养料。

她将死亡与炮火带至我们蓝色的村庄，她教唆我的孩子们互相
　　　残杀，像一群争夺骨头的狗

她将抗争者视作土强盗，向那些胸怀大略之人口吐唾沫。

是的主啊，请原谅法国吧，尽管她言称笔直大路，却取道歪斜
　　　小径

她邀我入座，却要我自备面包，她用右手向我给予，却用左手
　　　夺走一半。

　　　　　　　　　　　　　　　　　　　　　阴影之歌

是的主啊，请原谅法国吧，尽管她仇恨占领者，却蛮横地强占
　　了我

她向英雄大开荣耀之路，却将塞内加尔人视作雇佣兵，把他们
　　变作欧洲的黑色看门狗

她已是共和国，却将这些国家拱手送给大特权者

而他们将我的美索不达米亚[1]，我的刚果，变成了白色日光下的
　　大片坟场。

IV

啊！主啊，请将这不是法国的法国，请将她脸上这卑劣与仇恨
　　的面具

我满心憎恶的卑劣与仇恨的面具，从我的记忆中删去吧——尽
　　管我大可以痛恨罪恶

只因我对法国尤为偏爱。

祝福这被缚的民族吧，他们曾两度知晓如何解放双手，并敢于
　　宣告穷苦人民登上王座

他们令当初的奴隶如今自由平等，亲如手足

祝福这民族吧，他们为我带来了你的福音，主啊，他们张开我

---

1. 此处并非指位于底格里斯河和幼发拉底河之间的地区，即现在的伊拉克。
根据语源意义，此处诗人指塞内加尔的两条河流——锡内河和萨卢姆河之间
的地区，母亲的国家即塞雷尔人的国家。

沉重的眼皮，迎向信仰的光辉。

他们使我敞开心扉，认识世界，向我展示我的兄弟们崭新面孔

　　之上，那一轮彩虹。

我向你们致敬，我的兄弟们：你，穆罕默德·班·阿卜杜拉；

　　你，拉扎菲马哈特拉特拉；还有你，远方的范孟通；你们

　　是温和平静的海潮，你们是充满魔力的森林。

我以一颗天主教之心向你们致敬。

啊！我很清楚不止一位你的信使曾像围堵猎物那般追捕我的牧

　　师，又将这一场大屠杀美化成虔诚的图景。

而我们本可以和平共处，因为这些图景是雅各布的天梯，从大

　　地直至你的天国

因为它们是烧清油的油灯，让我们得以静待黎明；因为它们是

　　满天繁星，昭示着太阳的降临。

我很清楚你的许多传教士曾为暴力的军队祝福，与银行家的财

　　富沆瀣一气

但世上总是要有叛徒与傻瓜。

V

噢！祝福这民族吧，主啊，他们在面具下找寻自己的面孔，却

　　几乎已辨认不出

他们在噬骨钻心的饥寒交迫中追寻你的踪迹

未婚妻哀悼逝去的丈夫，年轻的男人看着自己的青春遭窃

女人悲叹着，噢！眼中再无丈夫的身影，母亲在残垣断壁中寻

　　觅孩子的幻梦。

噢！祝福这挣脱锁链的民族吧，祝福这深陷困境的民族吧，他

　　们敢于同那群如猎犬般饥渴的强权者与施刑者正面对抗

而所有欧洲的民族，所有亚洲的民族，所有非洲的民族和所有

　　美洲的民族同他们一道，

共浴血与痛。在那数百万道人潮的中央，看呐，我的同胞们人

　　头攒动。

请让他们炽热的双手结成兄弟般的纽带，紧紧拥抱这片土地

在你和平的彩虹之下。

　　　　　　　　　　　　　　　　　巴黎，1945 年 1 月

埃塞俄比亚之歌

1956

人与兽 （为三架塔巴拉鼓或达姆达姆战鼓所作）

我将你命名为夜，噢！混沌的夜，我将你命名为

飘荡的叶。

这一刻是原始的恐惧，从祖祖辈辈的脏腑内

突然冒出的恐惧。

退后！黑夜空洞的面庞，充斥着

危险的鼻息与鼻尖！

在棕榈叶和水[1]，在目光如炬的巫师的驱逐下

退后！

但是，请告知泥里的野兽：

沃泥中滋生的蚊蝇

蟾蜍和洞蛇，毒蛛和

牙齿锋利的鳄鱼。

对抗突然爆发，却无一丝火花！对抗如此强烈

却无一星半点儿激动。

沉重的人类在诡计的泥沼中寸步难行，半条腿的力气都

深陷其中。

---

1. 此处应是巫师一系列祈祷与仪式的象征物。

他的脚被枝叶缠在了有毒的植物上。他的思想

在迷雾中飘浮。

没有一丝火花，战斗在沉默中持续，循着他胸中

达姆达姆鼓声紧迫的节奏

紧紧跟随左方达姆达姆鼓声切分的节奏[1]。

巫师将会宣告胜利！

利爪猛地在他流云一般的背上

刻下印痕

旋风掠过他的胸怀，将他如草木一般的阳物

荡为平地

非洲楝在它痛苦的根源之上

摇摇晃晃

但是，人类将闪电一般的长矛刺入

迟迟嵌上金黄的月亮深处。

冷冰冰的雄鹰在云间盘旋，金色的前额

驯服了云层，

噢！思想环绕着他的前额！蛇头就是

他最重要的眼[2]

---

1. 一种位于达姆达姆鼓队左侧，用鬣狗皮制成的鼓，负责引入切分音。

2. 蛇在受袭击时首要保护头部，蛇头象征人的智慧，因此是人保护自身"最重要的眼"。

斗争持续了太久！在黑暗中长达

三千个夜晚。

人类的力量，是沉重的双足陷入肥沃的泥土

人类的力量，是芦苇阻挠之下的奋力争斗。

他的热情，来自原始深处的热情，是人在醉意中

迸发的力量

热酒如同野兽的血液一般，在人的心上

噼啪冒泡

唉！为入教者献上小米啤酒！

流星长啸一声划过长夜，巨大的呼喊声伴随着字正腔圆的嗓音

节奏分明。

然后，人类能歌善舞的天赋征服了野兽。

他在大笑中，在炽热摇曳的舞步中

在七个元音组成的彩虹之下

击溃了野兽。他是初升的太阳，

是眼神流露杀气的狮子

向荆棘丛林的征服者致敬，你是姆巴洛第！ [1]

是愚昧力量的主宰者。

睡莲在湖中绽放，神圣的微笑化作曙光。

---

1. Mbarodi，意为杀手，有时也指狮子。

刚果河（为三把科拉琴和一架巴拉丰木琴所作之歌）

噢！刚果河啊！为了让你的盛名在水面上，河流中，

在所有的记忆中响彻

我拨动了库亚泰[1]的科拉琴弦！文人的墨汁是

留不下记忆的。

噢！刚果河，你横卧在森林铺就的床榻上，恰似一位

被征服的非洲女王

阳物如山峰一般高擎你的欲望

因我的头，我的舌可以确认你是女人，我的腹可以确认

你是女人

你是有气息的万物之母，是鳄鱼河马

海牛鬣蜥之母，是滋养丰收的

洪水之母。

伟大的女人！你是水，向独木舟的船桨与船首

敞开了怀抱

我的爱人我的情人，你的双腿热烈有劲，长长的手臂

如睡莲般沉静

---

1. 达喀尔著名的科拉琴琴师。

阴影之歌

丛林中的珍宝，你的躯体是永不腐蚀的油，

你的皮肤是钻石闪耀的夜。

安详的女神，你微笑着，在你那令人眩晕的

涌动血脉中舒展

哦！你是家族中的疟疾免疫者[1]，快把我

从冲动的血液中解放出来吧。

咚！咚！你是达姆达姆鼓声，是猎豹的跳跃，

是蚁群的战略迁徙

是第三天从沼泽泥浆中

啊！是从万物中，从海绵质的土地里，

从白人肥皂泡般的歌声中，激发出的

理不清的仇怨

但请把我从没有欢愉的夜晚中解放出来吧，你要去监守

森林的宁静。

而我将会成为魁梧的树干，

一跃二十六尺

我会乘上信风，如独木舟一般，在你

光滑涌动的腹部上滑行。

你乳房的林地是爱的岛屿，是龙涎香

和麝香的山丘

---

1. 指将疟疾病原体注入患者体内治疗。如果母亲接受过这种疗法，孩子可以
获得免疫。

是童年若阿勒的滩涂，是九月

迪洛尔的滩涂

是埃默农维尔[1]秋季的夜晚——那里的天气

多么晴朗多么温和！

你的头发是宁静的花儿，你的嘴

和花瓣一样纯白

尤其是你朔月一般的柔情话语，令血液奔涌

直至子夜。

快把我从这血的夜里解放出来吧，因你要去监

守森林的宁静。

我肋骨上的情人，你躯体的油驯化了

我的手我的灵魂

我在松手时获得力量，在臣服中

获得荣耀

在你直觉的律动下获得理智。歌队的领唱

给他船首一般的阳物系上冲劲，就像

追捕海牛的猛士。

细铃铛的律动舌头的律动船桨的律动

一船之主舞蹈的律动

---

1. 法国北部瓦兹省的一个市镇。

阴影之歌

啊！他的独木舟配得上

法久特[1] 合唱队的颂赞

我两次拍响达姆达姆鼓般的双手，四十位处女

歌颂他的功勋。

给闪亮的箭矢以节奏，给正午太阳的锋爪以节奏

给贝壳的嚓嚓声以节奏，给大河的沙沙声以节奏

给在深渊无法抵抗的呼唤下，到达

极乐之巅的死亡以节奏。

然而，独木舟将在睡莲般的泡沫中重生

柔嫩的竹子将在世间透亮的清晨浮出水面。

---

1. 若阿勒附近一个小岛上的村庄，两者有桥相连。

卡亚-马冈（为科拉琴所作之歌）

我是卡亚-马冈！[1] 开疆辟土的第一人

我是黑色夜晚银色夜晚的王

玻璃夜晚的王。

我的羚羊，请尽情吃草吧，我魅惑的嗓音

让狮子不敢近前侵扰。

你们的欢乐是寂静的平原上

五彩缤纷的点缀！

我的花朵我的星星，你们每天欢欢喜喜地

到这儿参加我的盛宴。

所以，请尽情享用我丰沛的乳汁，我并不需要进食

因为我是快乐的源泉

请尽情享用我男性坚实的胸脯，吃我胸前闪闪发光的

牛奶般的甜草吧。

愿偌大的广场每夜点亮

一万两千颗星星

愿烧热一万两千以海蛇为箍的碗盆，为的是

---

1. 字面意思为"黄金主宰"，是加纳帝国皇帝的称号，此处指帝国的创建者。

　　　　　　　　　　　　阴影之歌

我无比虔诚的臣民，为的是我身旁的幼鹿，

我房子里的居住者和他们的客人

九层护墙中的格洛瓦和野蛮丛林中的村庄

为的是所有从四座雕花大门进入的人们

——我坚韧的人民

他们的行进多么庄严！他们的脚步

在历史的沙尘中消逝。

为的是北方的白种人，南方

淡蓝肤色的黑种人。

我不细数西方的红种人，也不细数从大河进山

吃草的牧群！

从我的汁液中诞生的孩子们，吃吧，睡吧，

体验你们深沉的生命吧。

衰弱的人哪，愿平和属于你们。你们

用我的鼻孔呼吸吧。

我说，我就是卡亚-马冈！我是月亮之王，联合起了

黑夜与白天

我是北方的南方的君王，是日升之地

日落之地的君王

平原向上千次的发情敞开，子宫

熔化贵重的金属。

赤色的金和红皮的人脱胎而出——红是

我对他们的爱

金之王既有正午一般闪耀的荣光，也有

夜晚温柔的女性气质。

我拳曲头发上的鸟儿啊，在我

隆起的额头上啄食吧。

你们吮吸的不仅是灰褐色的奶液

还是圣贤的脑浆

在玻璃塔内掌握象形文字的大师的脑浆。

我身旁的小鹿，请在我权杖和我新月的庇佑之下

尽情地吃草吧。

我是蔑视狮子的水牛，对狮子装弹上膛的步枪

置之一笑的水牛

它最好在它的围墙内

时刻提防。

我的帝国是被恺撒驱逐的人的帝国，是被理智或被本能

驱逐的人的帝国

我的帝国是爱的帝国，女人

我对你格外偏爱

异乡的女人，你的眼睛如林间空地一般敞亮，你的嘴唇像番荔

　　枝一般香软

你的阴部像灌木丛一般炽热丰茂

因为我是门的双扉，是线谱上的

双拍和三拍韵律

因为我是达姆达姆鼓的节奏，

非洲未来的力量。

我身旁的小鹿，在我新月的庇佑之下

安眠吧。

传信（为科拉琴所作之歌）

献给省长谢赫·雅巴·迪奥普[1]

他在召开集会的淡紫树下，为我派来一匹步履矫健

的大河骏马。

这一对话是数里之外传来的荣耀！

持权杖的信使一丝不苟地生成他的话语，对我说道：

"奉凯莫尔的省长之命！

七位凯莫尔的勇士奉命奔赴而来，他们有与我一样挺拔的上

    身，与我一样的肤色，

因为我们航行穿越了平静的大海。

他命他们取热忱之道路，

驾寓意青翠之祥云而来

就像旱季里的刺槐树一样。

五十匹马将组成你的护送队，脚下是可以行走上一千步的厚羊

    毛毯

还有充满朝气的年轻人。他身穿紫袍，走在你前面

为你披上荣耀，他高大的帽子令你容光焕发，他出鞘的宝剑

---

1. 凯莫尔省长，桑戈尔儿时的同伴，同时也是诗人。

为你开辟了灵感的道路。

拍打塔马鼓的掌心和演奏巴拉丰木琴的指尖将传达

他领地上的欢呼雀跃

是的你是灵魂的格洛瓦，他是

凯莫尔的省长。

王子有礼了！礼物已为你备好。

王子有礼了！他的指挥棒金光闪闪。"

迪奥普！我对他说道，凯莫尔的省长！我嗅到

你身上的桉树的芬芳，继而念出你的名字

从童年的王国和古老的土地里

突然出现的名字。

先行的信使！请唤来我的白车和

他的黑马。

海的那边送来了军旗的礼物，我将乘以旗帜为帆的

陆地之船前往。

感谢你，为着你带来的花朵一般芬芳的言语，

为着演奏塔马鼓、巴拉丰木琴的手的献礼

感谢你，为着棕榈酒，唇与唇之间交错的

友谊的酒杯

感谢你带来了适婚的年轻女子，她的腹部是

如此柔软惹人怜爱，她的臀部如山丘一般，胸脯好似

糖棕树的果实。

除了颂歌之外，她的嘴懂得织就

令人愉悦的话语。

我的女士是一位出身高贵且骄傲的女士。因此，我要赞美这位

大迦拉夫[1]的女儿！

但我告诉你，最贵重的礼物是在群岛的木箱中

存放着的法律，是写在白底上的黑色法律

以及在环形的上议院中，在语言的格洛瓦之间诞生的

精确而富有节奏的话语。

我让他们铭记节奏，

吸取科学和语言的精华。

我的回信如我的双头权杖所示：

狮子之舌与贤者之笑[2]。

---

1. 锡内王国宫廷中负责管理自由人的职位，同时参与选举国王。
2. 指掌握美妙的语言和拥有智慧与知识同样重要。

泰当盖勒[1]（为科拉琴所作之歌）

萨勒！我呼喊你的名字，萨勒！从富塔-达姆加[2] 到

佛得角[3]。

我们的双足在巴依蝶湖的水中变得凉爽，我们穿越干旱的高原

日渐消瘦。

阵阵激情掀起了狂野的，夹杂着桉树硬刺的龙卷风。春天青翠

　　的柔情

何在？

东风吹翻了眼睛和鼻孔，我们的喉咙

如同蓄水池一般，在胸腔强烈的呼唤中

发出空洞的声响。多么可怜。

我们像驮运的牛车一样

穿过旱地——蓝马的羽翼属于圣路易的领袖们——而我们脚踩

亡者的尘土，头上没有半点金粉点缀。

然而，唯有沙子组成的蝎子，五颜六色的

---

1. 富拉族语，意思是荣誉，也指向贵族表示敬意。
2. 富塔东部地区。
3. 字面意思为"绿色的海角"，一指塞内加尔首都达喀尔所在的半岛，另外也指大西洋上曾经在葡萄牙殖民统治下的群岛，位于塞内加尔西面的海岸上。

变色龙；然而，唯有猴子的笑声

撼动了举办集会的大树，陷阱如同黑豹的皮毛

划破黑夜。

唯有成千上万个劲敌埋下的陷阱：敌军潜伏在

一草一木之中。

我们束紧了腰带，巩固了心中的堡垒，

击退了长矛，拒绝了玫瑰。

玫瑰，如同梭子一般编织情歌和情诗的玫瑰，

在午夜寒冷的地面上，对处女的颂赞是如此美妙。

她们的头金光闪闪，月亮从背面

照亮了诗歌。

噢！卡松克女人[1]，你在你的同伴中格外美丽。噢！你是

硕大的蜻蜓，展开了翅膀，在巴克尔[2]山侧

缓缓盘旋

直到一个突如其来的动作折断了你的脖子，

犹如一阵眩晕猛击我的心脏。

你的微笑在倾斜的眼睑下格外柔和，

色彩浓艳的达姆达姆鼓隆隆作响。

啊！这颗诗人的心。啊！这颗女人和狮子的心，

---

1. 居住在塞内加尔东部和马里西部的曼丁戈族女性，属于旧卡索王国族群。

2. 塞内加尔东部城市，位于塞内加尔河沿岸。

阴影之歌

要驯服它是何等痛苦。

然而，我们像洁白的入教者那样走路。

唯一的食物是清澈的牛奶，

唯一的言语是反复琢磨的那个关键词。

时机成熟时，我伸出了自己硬邦邦的脖子，

因为血脉偾张，它变成了一块惊人的凸起。

那是晨露时分，第一声鸡鸣刺穿了浓雾，

让民兵们第四次回到了梦乡。

黄毛犬没有吠叫。

我对着青铜门喊出了那个爆炸性的词

泰当盖勒！

泰当盖勒！从佛得角到富塔–达姆加。

这是一次表象的巨大分裂，

人类恢复了自身的高贵，

事物回归到它们的本真。

肥沃的湿地和富塔郁郁葱葱，湖泊和丰收的粮食

如同缠腰布上点缀的鲜花。

长长的牧群在流动，宛如在山谷中流淌着的

牛奶的川流。

光荣属于被救赎的富塔！**光荣**属于童年的王国！

缺席的女人（为三把科拉琴和一架巴拉丰木琴所作之歌）

胸脯稚嫩的年轻女子们，请别再歌颂你们的冠军

别再歌颂这位身材修长的美男子。

然而，我并非你们的荣誉，也非勇猛的狮子

能够高声宣扬塞内加尔荣誉的绿色狮子[1]。

我的头颅并非由金子铸成，也没有崇高的志向

我的臂腕上没有沉重的镯子，我的双手如此一无所有！

我不是领导者。从未像创建者那样

开辟过道路，建立过信条

从未领导过有四座大门的城市，也未发表过

值得被镌刻在石头上的话语

准确地说，我是行吟诗人。

II

脖颈如芦苇般纤长的少女们，我说，歌唱那离去的公主

那缺席的女人吧。

我的荣耀不在石碑上，也不在石头上

---

1. 狮子是塞内加尔的标志，绿色和金色是塞内加尔的代表颜色。

我的荣耀是歌唱缺席女人的魅力

我的荣耀是歌唱苔藓和沙生赖草

海浪的泡沫，海鸥的腹部和

山岭上的光芒

簸谷扬撒的虚无的万物，乱葬坑的风中和气味中悬浮着的

虚无的万物

武器的光芒下脆弱的万物，武器的光辉下

瑰丽的万物

我的荣耀是歌唱缺席女人的美。

Ⅲ

然而，那是一个冬天的夜晚，外面的霜已经冻成

两具躯体亲密无间。

急流的呼啸在我的心头穿行良久

就像钻石尖端刻下的长长的伤痕

我叫醒了身旁的情妇们。

啊！身侧和背上都是受难后的伤痕

沉闷的睡意惹人心烦。

巨大的谜团纠缠在心头，我宁死也要

摆脱生的折磨，宁死也不要活着，却没有心。

她们轻轻地告诉我关于缺席的女人的事

在暗处轻轻地为我唱起缺席女人的歌

仿佛在哄一个漂亮的棕皮肤婴儿入睡

示巴女王将会在金凤花盛开的时候归来。

从远方的山岗上传来了福音，长途跋涉的骆驼队从虔诚的道

  路上

传来了福音。

哎！我心里挂念了这个缺席的女人

太久太久。

IV

胸脯挺拔的少女们，歌唱汁液吧，宣告春天的来临吧。

六个月来，没有一滴雨水落下，没有听过一句温柔的话

没有一个花蕾展开笑颜。

只有如洞蛇牙齿一般刺骨的哈马丹风 [1]

最好的天气也只有飞扬的沙尘，

只有阵阵裹挟了

叶霜、糠壳、子弹、翅膀和鞘翅的旋风

事物在理性的酸蚀中消逝。

我们喉咙里的东风

---

1. Harmattan，指非洲大陆上在特定季节从沙漠吹来的干热的强风，通常夹杂大量沙尘。

比沙漠中的蓄水池还要

空洞。但是我们双腿间的喧哗

突然涌动起来的汁液

让青年男子腹股沟里的花蕾鼓胀了起来

唤醒了红树林下的珍珠蚌……

听听，年轻的姑娘们，生机蓬勃的歌声

充盈了你们挺拔的胸脯。

晴朗的五月中旬，绿油油的春季，绿得那么柔嫩！

那么令人陶醉。

这并非金黄灿烂的决明花在盛放，并非弯子木花组成的璀璨星辰

照耀在灰暗的大地上，并非太阳的智慧，受割礼的人们啊！

这是金色热带草原上柔和的碧绿，绿色和金色是

缺席女人的颜色

这是迸发的生命之液，升腾至笔直地

摇动着的脖颈。

V

当议论已经热烈得像火一样，映红了村庄的广场

贫民窟的店铺和手工作坊时

我们已经收到了她将要到来的消息。

我知道，妇人们已经回了娘家；年轻人从地主手中

夺取属于他们的土地份额

公共财产被拍卖出售，巨头们让他们的妇女

组成煤钢联营的队伍

十字路口竖起了紫红色的帐篷

街道被封锁或被限制单行

到处是奢靡和放纵！……当燕子聚在一起的时候

我们已经收到她将要来临的消息。看

它们拍打翅膀，迅速飞离我们内部激烈的争论。

既然我们的双腿已再度焕发活力，准备为丰收节舞蹈

我知道，巨大的福音将在

夏至时节降临，正如在失意之年

希望之年发生的那样。

单峰骆驼驮着她沉甸甸的美之精华，在她面前仿佛铺就了

长长的扈景。

看，那位埃塞俄比亚女人来了，她像陈旧的金子一样褐黄

像金子一样不朽，像橄榄一样甜美，精致的脸庞笑意盈盈

风姿绰约

绿衫和薄云是她的外衣，五角星是她的配饰。

VI

向微笑的女神致敬，献上追随者忠诚的赞美。

我是她宫廷里的科拉琴师，她的魅力让我失了心智！……我的

荣誉

没有被刻在石碑上

我的声音也不会被石化，而是

音准精确，节奏分明。

缺席的女人占据了我透明的视野，就让我的声音

在她的记忆中发芽吧

噢！少女们，让我的声音在你们心中熟透

像随处可见的面粉那样滋养整个民族吧。

我将会为微不足道之物命名，让它们因我的命名

开花结果——然而这位缺席女人的名字是

难以言喻的。

她信风一样的双手能够治愈热疾

她的眼睑如同毛皮，如同夹竹桃的花瓣一般

她的睫毛她的眉毛如同象形文字一般

神秘而纯洁

她的头发沙沙作响，就像夜间丛林中

持续的枪声。

你的眼睛你的嘴，啊！你的秘密一直

上升到颈背……

但这些都无关紧要。滋养你的人民的不是知识

而是你用琴师的双手和嗓音为他们

献上的佳肴。

颂歌啊！向微笑女神致以问候，她赋予我鼻息，止住我的鼻息

堵塞我的喉咙

向在场的女神致以问候，她如曼巴蛇一般乌黑的目光中

闪烁着金碧星辰，令我神魂颠倒

而我是鸽子—蛇 [1]，她的撕咬让我

在麻木中陶醉不已。

VII

愿那些眼睛白得像珍珠的分心者消失

愿眼睛和耳朵消失，愿不扎根于胸腔

也不往下扎根于腹部的头颅消失。

没有铁刃的刀把和没有果实的花朵又有何用？

但是，嫩叶啊！请你们在六月湿润的阳光下

歌唱狮子的胜利吧

我是说，歌唱从死亡灰烬中新生的钻石吧

噢！歌唱在场的女人吧，她用黑色的爱的乳汁

滋养诗人。

你们是美丽的少女，你们金色的胸脯在诗人的歌声中

---

1. 鸽子既象征和平，也是容易被蛇的眼睛迷住的鸟类。诗人臣服于缺席女人的美，成为自愿的猎物。

变成了嫩绿的叶子。

词语在东风的吹拂下消散，损逝，

恰如人类的纪念碑遭遇炮火的猛烈攻击

但是，这首诗沾满了沉甸甸的乳汁，诗人的心中点燃了

没有杂质的火焰。

致纽约（为爵士乐队所作，小号独奏）

纽约！起初，你美得让我糊涂

那些长腿金发的高个女孩。

初见你湛蓝金属般的眼睛，你雾凇般的微笑，

我是那么羞涩

多么羞涩。还有焦虑，密密麻麻的摩天大楼延伸至街道尽头

在阳光被遮蔽的时候，抬起猫头鹰般的双眸

硫磺味的光线，苍白的树干

直上云霄

摩天大楼用钢铁铸成的肌肉和石质古铜色的皮肤

抵御飓风。

但是，在曼哈顿光秃秃的人行道上

徘徊了两周

——直至第三周结束，热疾才会如同美洲豹的一跃，

擒住你的躯体

两周之内，没有一口井没有一个牧场

天上所有的鸟儿

突然坠落，在露台上堆积的厚厚的灰烬之下

死去。

没有孩童绽放的笑颜，他的手在我

凉爽的手里

没有母亲的乳房，只有穿着尼龙袜的腿。

没有汗水没有气味的腿和乳房。

没有嘴唇，没有一句温柔的话语，唯有

硬通货买到的虚假的人心

没有一本书上能够读到智慧。画家的调色板为水晶染上珊

　　瑚红。

无眠的夜，噢，是曼哈顿之夜！在鬼火中飘摇的夜，

喇叭声吼叫着空虚的时间

漆黑的水冲走了洁净的爱，就像泛滥的河流冲走

儿童的尸体。

II

这里是符号和计算的时代

纽约！不过，这里也是吗哪[1]和神香草[2]的时代。

只需倾听上帝的号声，你的心跟随血液的节奏

跳动。

在哈莱姆区[3]，我看到，庄严的色彩在嗡鸣，

1.《圣经》中，希伯来人出埃及后穿越沙漠时上天赐予他们的神奇食物。

2. 又称海索草，牛膝草，《圣经》中希伯来教士用它向人们洒水以表示净化。

3. 纽约的黑人区。

金凤花的味道四溢

——现在是药品送货商的茶歇时间

我看到，随着白天消逝，夜晚的聚会已然就绪。

我宣布，夜晚比白天更加真实

在这纯洁时刻的街道上，上帝孕育了

人类记忆以前的生命

所有两栖的元素都如太阳般闪闪发光。

哈莱姆啊哈莱姆！这是我见到的哈莱姆哈莱姆！

从赤足舞者耕耘过的石街上唤起了

一阵麦色油绿的轻风

在丝绸一般起伏的臀部中，在矛头一般坚挺的乳房中，

是充满睡莲和神奇面具的芭蕾

爱的芒果从低矮的房屋中滚出，直到骑警的马蹄下。

沿着人行道我看到，朗姆酒的白色溪流奶液的黑色溪流，流
    淌在

雪茄的蓝色浓雾中

我看到，夜晚的天空中飘起了雪花，就像是飘起了棉花，

六翼天使的翅膀和巫师的翎饰

听着，纽约！听听你那男性铜质般的嗓音双簧管颤动的嗓音

恐慌在泪水中坠落，化作巨大的血块

你听远处，你的心脏在暗夜里跳动，达姆达姆鼓的节奏和血，

达姆达姆鼓的血，达姆达姆鼓。

阴影之歌

III

纽约！我说，纽约，让你血液里的黑色汇集起来吧

愿它除去你钢铁关节中的锈斑，就像是

生命之油

愿它给你的桥梁带来翘臀的曲线和

青藤的柔软。

看，远古的时间重回了人间，在狮子、公牛和树木和谐共处中

统一被重新寻回

思想和行动，耳朵和心灵，符号和意义，彼此连接在一起。

看，你潺潺的河流中有麝香味的凯门鳄和眼神迷幻的海牛。

毫无必要去创造美人鱼的传说。

而只需睁大眼睛，看四月的彩虹

还有耳朵，尤其是立起耳朵，听上帝在萨克斯的一声轻笑

之间，

在六天之内创造出了天与地。

到了第七天，他在黑人的梦里沉沉地睡去。

沙卡

多声部戏剧诗

献给南非班图族的烈士们

曲一

（在葬礼的达姆达姆鼓声中）

一个白人的声音

沙卡[1]，你像满口恶言的猎豹或鬣狗，被三支标枪钉牢在地上

注定要发出空洞的啼叫声

你现在激情澎湃。血的河流包围了你，愿它为你忏悔赎罪

沙卡（神色冷静）

是的，我置身于两位兄弟，两个叛徒两个盗贼

两个蠢货之间。啊！我不肯定是鬣狗，而是

绝不低头的埃塞俄比亚雄狮

我重新回到了大地。童年的王国是多么光辉灿烂！

这是我激情的终结。

---

1. 沙卡（1787？—1828），祖鲁族首领，祖鲁王国建立者。根据莫福洛的史诗，沙卡杀死了他的未婚妻诺丽薇，最终死于同父异母的兄弟之手。沙卡是南非黑白斗争中一个重要的象征，祖鲁人将他描绘成一个伟大的战士和英雄。

阴影之歌

白人的声音

沙卡，你在南方的尽头颤抖，太阳在头顶

放声大笑

沙卡，你在白天落入黑暗，你听不到鸽子

双簧管一般的音色

只有我的声音如同闪亮的刀锋，刺穿你的

七颗心脏

沙卡

声音白人的声音从海外传来，我内心的双眸照亮了

钻石般的夜。

不需要虚假的白日。你的雷电落在我胸膛的盾上

支离破碎。

那是罗望子树上的晨露，然后，我的太阳出现在

透明的水平线上。

我听见诺丽薇午时的喁喁细语，骨子里掀起了

阵阵狂喜。

白人的声音

哈哈哈哈！沙卡，你该同我谈谈诺丽薇，你那

善良美丽的未婚妻

她的心是柔软的黄油，眼睛是睡莲的花瓣

她的话语如同泉水一般清甜。

你杀死了善良美丽的她，为的却是

躲避自己的良知。

沙卡

唉！你跟我说的是什么知？……

我杀了她，当她说起蔚蓝国度的故事

是，我是杀了她！我的手没有一丝颤抖。

一道薄钢的闪电刺穿了她腋下芬芳的荆棘。

白人的声音

承认吧沙卡！你会承认吗？数百万的人

成批的孕妇和吃奶的婴儿因你而遭受灭绝

你是与秃鹰鬣狗狼狈为奸的大商人，

死亡之谷的诗人。

人们寻找战士，而你不过是名屠夫。

峡谷中是血的洪流，喷泉里是血的源泉

野狗在死亡之鹰盘旋的平原上

嚎叫至死

噢！沙卡，你这个祖鲁人，你比瘟疫更可憎

你是荆棘丛林里不休的炮火！

　　　　　　　　阴影之歌

沙卡

是啊！一个叽叽喳喳的养禽场，一个喂养食谷雀的

无声鸟舍

是啊，成百上千个军团披坚执锐，身披长毛绒

佩戴丝质羽饰，如同红铜一般散发着

油脂的光泽。

作为这片土地审慎的主人，我携着长斧走进这片

死气沉沉的树林，在贫瘠的荆棘丛林中点燃熊熊大火

为的是在雨季播种时能用上草木灰料。

白人的声音

怎么？没有一句悔恨的话……

沙卡

应该悔恨的是恶。

白人的声音

最大的恶，是窃走鼻息的温柔。

沙卡

最大的恶，是心肠的软弱。

白人的声音

心肠的软弱已经得到宽恕。

沙卡

心肠的软弱是神圣的……

啊！你以为我不曾爱过她

我那金发黑女人身上涂满棕榈油

纤长如羽毛

大腿像是受惊的水獭和

乞力马扎罗山的白雪

双乳像是东风吹拂出的成熟稻田和

开满金合欢的山丘

诺丽薇的手臂是蟒蛇，嘴唇是细蛇

诺丽薇的双眸是星宿——无需月亮

无需达姆达姆鼓

但她的声音在我的脑海里

在夜晚狂热的脉搏里回荡着！……

啊！你以为我不曾爱过她！

但是，这些漫长的岁月里，这些岁月车轮上的无所适从，

这副扼杀了所有行动的枷锁

这个漫长的不眠之夜……我犹如一匹赞比西河的牝马

四处漂泊，扬蹄奔赴星辰

　　　　　　　　　　　　阴影之歌

我被一种无名的疾病所吞噬，就像一只绞刑架上的豹子。

如果我不那么爱她，我就不会杀了她。

我为的是摆脱疑惑

摆脱她口中令人沉醉的乳汁，摆脱我血液里响起的扰人心性的

夜的鼓声

摆脱我熔岩一般炽热的肺腑，摆脱我黑人性深处的

心灵的铀矿

摆脱我的爱意摆脱诺丽薇

因为我深爱着我黑皮肤的人民。

白人的声音

我保证，沙卡，你是一个诗人……或者是一个十足的演

　　说家……

一个政客！

沙卡

信使告诉过我：

"他们带着直尺、角尺、圆规、六分仪上了岸

皮肤白，眼色浅，言语粗鲁，嘴唇薄

雷声从他们的船上传来。"

我变成了一个头脑一只不会颤抖的手臂，我既不是战士

也不是屠夫

我变成你说的政治家——我杀了诗人——一个孤独的实干家

一个先于其他人赴死的孤独者

如同那些你怜悯的人一样。

谁又理解我的激情呢？

白人的声音

一个患上独特失忆症的聪明人能够理解。

但是，沙卡，你听着而且记住

占卜师伊萨努西的声音（从远处传来）

好好想想吧，沙卡，我不强迫你：我不过是一名占卜师

一名技师。

没有牺牲就没有权力，绝对的权力要用

至爱之人的鲜血去换。

一个声音（像是沙卡的，从远处传来）

最后你必须死去，接受一切……

明天我的血会浇灌你的药物，就像

牛奶浇灌在干巴巴的古斯古斯[1]上。

占卜师从我面上消失吧！每个犯人都有权获得

---

1. 北非一道菜，粗面粉加上肉或者蔬菜。

阴影之歌

几个小时的遗忘。

沙卡（蓦地惊醒过来）
不，不，白人的声音，你很清楚……

白人的声音
权力就是你的目的……

沙卡
是一种方式……

白人的声音
是你莫大的快乐……

沙卡
是我长期的磨难。
我在梦中见过，四面八方的所有国家都屈服于
直尺、角尺和圆规
森林被砍伐，山峦被摧毁
山谷和河流被囚禁。
我见过，四面八方的所有国家被关进了
双轨铁道画出的栅栏

我看到南方的人民像沉默的蚁群一样

辛勤劳作。工作是神圣的，但工作不再是活动

四季的活动不再由达姆达姆鼓声或歌声划分节奏。

南方的人民在工地，在港口矿山工厂里劳作，

夜里却被隔离在贫困的村庄里。

人民堆起一山又一山的黑金赤金

——却活活饿死。

一天清晨，我从黎明的迷雾中脱身，瞧见许多

毛发如森林一般茂密的脑袋

萎缩的手臂塌陷的腹部，张大的双眸和唇瓣在呼唤

一个不可能出现的神灵。

面对这么多被践踏的苦痛，我怎能充耳不闻？

白人的声音

你的声音因仇恨而火红，沙卡……

沙卡

我只恨压迫……

白人的声音

因为这股仇恨点燃了心灵。

内心的软弱是神圣的，而怒火的旋风却不是。

　　　　　　　　　　　　　　阴影之歌

沙卡

这不是仇恨，只是热爱自己的人民。

我认为，没有武装下的和平，没有压迫下的和平

没有不平等的博爱。我希望

四海之内皆兄弟。

白人的声音

你让整个南方团结起来反对白人……

沙卡

啊！白人的声音，你是不公正的声音哄骗的声音。

你是强者欺侮弱者的声音，是海外侵占者的意识。

我未曾恨过这些粉耳朵。我们曾把他们当作

众神的使者

用悦耳的话语和可口的饮料接待了他们。

他们想要的货物，我们有求必应：

蜂蜜般的象牙和彩虹般的毛皮

香料黄金，宝石鹦鹉和猴子等等

我应该谈谈他们生锈的礼物，他们满是灰尘的

玻璃彩珠吗？

是的，我在领教了他们的枪炮之后成为了一名首领

这胸中与精神的痛苦，成了我的命运。

埃塞俄比亚之歌 | 1956

白人的声音

以一颗虔诚的心接受苦难就是赎罪……

沙卡

那么我已经接受了自己的苦难……

白人的声音

怀着一颗痛悔的心……

沙卡

为了爱我黑皮肤人民。

白人的声音

为了爱诺丽薇和死亡之谷中躺着的死人？

沙卡

为了爱我的诺丽薇。为何要重复呢？
每一次死亡都是我的死亡。要为即将到来的收获做准备
要备好石磨，用来碾压如同黑人的柔情一般纯洁的面粉。

白人的声音

接受更多苦难的人，将会获得更多的宽恕……

曲二

(*爱情的达姆达姆鼓声，节奏明快*)

沙卡(*他暂时闭上了眼睛，又再次睁开，久久地眺望东方，严肃的脸上神采奕奕*)

夜幕降临，我美好的夜里出现了

金路易一般的月亮。

我听见诺丽薇清晨的喁喁私语，番荔枝在香草中滚动的声音。

合唱队

他要离开我们了！他是多么黝黑啊！

孤寂的时刻到来了

让我们颂扬祖鲁人，让我们的声音给予他力量。

巴耶泰巴巴[1]！巴耶泰，噢，祖鲁人！

领唱者

他是如此耀眼！重生的时刻到来了。

诗歌在童年的花园里成熟，爱的时刻到来了。

沙卡

噢！我的未婚妻，我等待这一刻等了很久很久

---

1. 祖鲁语，意为光荣归于首领。

为了这无穷尽的爱的夜晚，我不停地操劳

承受了太多太多的苦

就像正午工人向荫凉的土地致敬那样。

领唱者

爱的时刻在前一分钟到来

沙卡独自一人，笼罩在他修长裸体的黑光中

笼罩在这欢愉的焦躁中，在性器和喉咙的高压中。

合唱队

巴耶泰巴巴！巴耶泰，噢，巴耶泰！

沙卡

然而，我不是诗，也不是达姆达姆鼓声

我不是节奏。是诗让我静止，像雕琢巴乌莱族[1]的塑像那样

雕琢我的全身。

不我不是从声音的子宫里蹦出来的诗

不我不是诗人，我是为诗伴奏的人

我不是母亲，而是父亲，是拥诗入怀，轻抚诗

温柔地对诗说话的父亲。

---

1. 巴乌莱族是居住在科特迪瓦的一个民族。他们拥有丰富的艺术和文化传统，尤以木雕闻名。

　　　　　　　　　　　　　　　　　阴影之歌

领唱者

噢，祖鲁人，噢，沙卡！你不再是那只红毛狮子，那只用双眸燃烧远处村落的狮子。

合唱队

巴耶泰巴巴！巴耶泰，噢，巴耶泰！

领唱者

你不再是那头践踏甘薯，将骄傲的棕榈叶连根拔起的大象了。

合唱队

巴耶泰巴巴！巴耶泰，噢，巴耶泰！

领唱者

你不再是比狮子和大象都可怕的水牛，

不再是那头击碎勇士们所有盾牌的水牛。

让溃逃的背影喊着"噢，我的父亲""噢，我的母亲"。

合唱队

巴耶泰巴巴！巴耶泰，噢，巴耶泰！

沙卡

噢！我的未婚妻，我等这一刻等了很久很久

我曾在青春的草原上长久地奔波

当其他人还沉浸在笛声和甜蜜的哼哼声中

我曾无数次拜谒隐居远方的智者。

合唱队

噢，你这个祖鲁人！你是经过艰苦仪式的入教者，

是雄性圣油的受膏者，是坚毅的纹身人的儿子！

沙卡

我曾在孤寂的集会中不断演讲，在孤寂的死亡中

无穷无尽地战斗

反抗自己的使命。这就是考验和

诗人的炼狱。

领唱者

你是护佑我们茁壮成长的祖鲁人，我们用你的鼻汲取

浓郁的生命之源

你是那位脊背宽厚的人，你背负着

所有黑皮肤的人民。

合唱队

巴耶泰巴巴！巴耶泰，噢，巴耶泰！

　　　　　　　　　　　阴影之歌

领唱者

你是运动员，缠腰布已经落下，战士们在垂死的边缘。

注视着你 [1]

这是一种甜得令人颤抖的酒。

合唱队

巴耶泰巴巴！巴耶泰，噢，巴耶泰！

领唱者

你是身材修长的舞者，你创造了达姆达姆鼓的节奏

创造了你上身与手臂之间的匀称。

合唱队

巴耶泰巴巴！巴耶泰，噢，祖鲁人！

领唱者

我说你是强者，我说你的性器硕大

你披着流星般的头发与黑夜相爱

你是生命之言的创造者

童话王国的诗人。

---

1. 桑戈尔提到了史诗中的情节：当战士们垂死求生时，他们请求沙卡赤身裸体地站在他们面前，完美的躯体能让他们得到了慰藉。

合唱队

政治家死得其所，诗人万岁！

沙卡

达姆达姆鼓啊，请给这难以形容的时刻以节奏，歌唱黑夜

歌唱诺丽薇吧

噢！合唱队，请你们守夜吧，和我们一起成为

爱的守护者。

领唱者

现在，我们站在黑夜之门前，品尝古老的故事

咀嚼白色的坚果[1]。

我们将彻夜不眠，啊！我们将彻夜不眠，为的是

等候福音。

合唱队

诺丽薇将要死去，在她肉体的边材中[2]死去

恩代萨那！[3]

然后，福音将在黎明时分降临。

---

1. 指可乐果，可以帮助人缓解疲倦，延迟入睡时间。
2. 每年树木的内部和树皮之间形成的柔软部分被称为"边材"，边材被认为
是"不完全的木材"。
3. 沃洛夫语，原文为 N'deissane 表述颓丧、悲伤、郁郁寡欢的情绪。

沙卡

噢我的夜！噢我的黑女人！我的诺丽薇！

你手中的润滑油消除了苦难遗留下的

巨大的无力感。胜利的温暖萦绕在

我的胸中

现在，香料滋养着肌肉

婚房的香烟打开了心灵之眼

噢我的黑夜！噢我的金发女人！我那在起伏的山丘上

散发光彩的女人

我那红宝石床上湿润的人儿，我那如同钻石一般神秘的黑女人

黑亮的肉体，透明得就像

第一日的清晨

但，喉部的焦虑已经消逝，当我们

赤裸相见

在爱人的目光中，突然感到眩晕，感到震惊

啊！灵魂脱得精光，直到根部和岩石。

但在你涂油的手下，焦虑已经消逝。

合唱队

巴耶泰巴巴！巴耶泰，噢，祖鲁人！

沙卡

达姆达姆鼓声从远处传来，没有人声的节奏创造了黑夜和

远方的村落

越过了森林和山丘，越过了沉睡的洼地……

我是伴奏者，我是达姆达姆鼓边上的膝盖，

我是被雕刻过的鼓棒

划过河流的独木舟，空中播种的手，

踩入大地腹部的脚

与动听的曲线相结合的木杵。我是被用来耕耘

达姆达姆鼓的击打棍。

谁说单调？快乐是单调的美是单调的

永恒无云的晴空，一片没有喧嚣的蓝色森林

一个孤独却精准的声音。

这场声音的战斗，这场为了和谐之声的斗争持续良久，

汗水凝成了露珠！

不，我将在期待中死去……

但愿从这个金色的夜晚中——噢我的黑夜，噢我的黑女人，

　　我的

诺丽薇——

但愿在达姆达姆鼓声中，新世界的太阳将冉冉升起。

（沙卡慢慢倒下：他死了。）

领唱者

白色的黎明新的曙光，请打开我人民的双眸。

合唱队

巴耶泰巴巴！巴耶泰，噢，巴耶泰！

领唱者

晨露啊晨露，请唤醒我民族突然显现的根源。

合唱队

巴耶泰巴巴！巴耶泰，噢，巴耶泰！

领唱者

太阳高悬在天穹顶端，照耀着地球上所有的民族。

合唱队

巴耶泰巴巴！巴耶泰，噢，巴耶泰！

（合唱队在反复吟唱这一诗句，向幕后退去。）

致公主的信

致约瑟芬娜·达尼埃尔·德·贝特维尔侯爵夫人

（为科拉琴所作）

贝尔博格啊贝尔博格！[1] 贝尔博格啊贝尔博格！我的记忆在低
    声细语

在那艘带我远航的客轮上，机器轰鸣着唱出

你的名字——公主，还有暗夜中的**非洲**。

我的手沾满了你的芬芳，仿佛涂上了

冷杉的清香

双手的芬芳让我睡得香甜，甜得就像

儿时花园里的番石榴。

我等待着你的信使持手杖送来回信……

贝尔博格公主，你的风姿在哪片天空之下

盛放？

在北方的国度，在你那向大海和风展开的

维斯特雷阿姆[2] 的宫殿里？

---

1. 桑戈尔虚构的北欧地名，一是为了纪念他妻子（诺曼底人）的祖母，是
"北极"的象征；二是桑戈尔笔下的"贝尔博格公主"也象征西欧。
2. 位于法国西北部卡尔瓦多斯省的一座滨海市镇。

或是在你达内斯塔尔[1]的庄园里，在你的

人民之中——金色的脑袋多得就像丰收的麦穗！

在宁静的河流和沿海圩田中享受惬意的时光？

还是在巴黎？既然冬日将近，你与北方的君王们一起

南下寻找阳光？巴黎的大街小巷，

象牙色的石块上古铜色的旧石上处处充满阳光

那儿的花朵娇艳，女人的声音宛若剔透的水晶

灵魂在沙龙的光辉中变得更加自由？

你在巴黎？在享受精神的盛宴？

你的信使将会赶上我，来到我处于"美好季节"的住所

这个比冈比亚更远，比塞内加尔更远的地方。

我会常常骑着单峰驼，在金色的沙丘间穿行

或是会在帐篷里，在桉树的香气中

在白茫茫的草原上。

我不会去猎杀长颈鹿，鸵鸟或是马羚。

我想要隐居

远离战士们。因为我迷上了

精神层面的东西

就像见多识广的人想学到更多

---

1. 位于法国西北部卡尔瓦多斯省的一座市镇，当地的古代贵族庄园尤为
著名。

这是精神的国度。空中没有一丝云彩
即使偶尔被旋风搅乱，也只是漫天黄沙。
那里的叶子和萼片格外厉害，没有花朵
只有尖锐的气孔和芒刺。
那里的东风足以咬碎一切血肉，烧尽
一切的不洁。

我想要隐居在大河流经之处。
我想要冥思你的谜语。你的友谊对我来说是
项链和耳环。
我希望在夏末归来。我会尽快完成我的使命。
我的人民信任我。他们任命我为
巡回大使。

（为科拉琴所作）
作为黑人民族的使者，我来到了
宗主国的大都会
我数过了十二扇辉煌的城门，数过了一万二千颗星星
这是我乘坐腾飞的骏马，从高空的羽翼上看到的。
我曾为你派遣了许多骑士，却未收到过
半点回应。
也许，他们陷入了遗忘的泥沼

我却不愿这么以为，公主

我的使命用不了一轮月相

黑皮肤的人民正等我回去参加高等席位的选举，参加

运动会和收获节的开幕式

我还得安排受割礼者的芭蕾。这些都是

至关重要的事务。

我想念你，贝尔博格公主

我想象着北方的国度，夜夜难以入眠。

内乱的传闻从大海彼岸传来，已经搁浅

听闻他们的水井被淹，牲畜被屠，

工场破产，宫殿被毁

粮食短缺。几内亚蠕虫[1]折磨着人的心灵深处。

谨慎的公主和善良的公主，夜晚你是否

躺在床上无法入眠？回信迟迟未能送出？

我在黑夜中等待，和比我亲兄弟还亲的兄弟

不停地谈论。

我们谈论着不在身旁的魅力，等待着大街上

那场带来佳音的骤雨。

贝尔博格，请加快脚步，我的使命用不了一轮月相。

---

1. 几内亚蠕虫，热带寄生虫，通过蚊蝇叮咬进入人类和动物的血液，致其患
上丝虫病。

埃塞俄比亚之歌 | 1956

我们谈论不在身旁的魅力，谈论你这个珍宝

谈论你的精华

你像印度的宝盒，保存着

各种芬芳馥郁的珍品

你的双眸如雾如驯鹿，清澈得如同海蚀洞一般

在智慧的照耀下熠熠生辉

你射出了如飞刀一般闪耀的谜语。

但是，当野蛮人闪耀地出现在荆棘的火光中和达姆达姆鼓声中

你冷静的眼神是多么深不可测！

美丽的公主，今晚你的风姿是否得到安歇？

你那修长的，如同白金一般起伏的小腿呢？你那

令冷杉林散发花香的双唇呢？

是否如昨天一般，点燃了大使团里各位

头领和手下的热情呢？

公主，请快点吧！如果你的记忆就是我的记忆

我逗留的时间不满一个季度，对黑色家国的百般愧思

已经刺痛了我的肋腹。

（为科拉琴所作）

你的书信如夜露，让我眼明心净。

阴影之歌

在塔甘特[1]的帐篷里，在饮茶的时刻，我把你的信念给

我的客人们听。

他们都有贵族血统，精通语言。我读了那些

可以被读的片段

给我的不眠之夜留下了最精美的部分，像公羊肿块[2]一样珍贵

　　的部分，

还有私密的部分，这是为了我的名声和荣誉。

我的愿望是更好地了解你的国家

了解你。

感谢你的来信，信的话语信的内容

你让我感受到了冬季，却像贵重的皮毛一般

为我御寒

为我指出了冬季的符号和意义，那如千盏灯般

闪闪发光的白雪

燃烧着身体的重量，让精神更加敏锐，心灵

更加纯洁。

我的盐之国和你的雪之国在一起合唱。

但你的谨慎是伟大的，我的力量是微弱的。

---

1. 毛里塔尼亚中南部的一个省份。
2. 一说为公羊背部或颈部的一个特殊部位，因为含有丰富脂肪、肉质柔软而备受追捧，一说为公羊的睾丸。

你的仁慈有如海洋一般，像一座温柔的峡湾，像那笼罩在白色

　　死亡之下

依然常青的冷杉

它在暴风雪中矗立。日夜坚守在原地

而白桦树林在颤抖，狼和猞猁的嚎叫声

在耳边回响。

感谢公主抽空倾听我的述说，

为我种族的不幸而哭泣：

抗击阿尔马米的战争，埃利沙的破败

从萨卢姆到迪洛尔的流亡

锡内王国[1]的建立。还有那些灾祸

当格洛瓦们像沉重的麦捆一样倒在大炮之下。

骑士们摔落马背

伴随着格里奥的歌声笔直倒地，瞪圆了双眼。

然后是迪洛尔的再度灭亡，庄园被仙人掌和荆棘包围。

里面的蜻蟓忙着进行损害的工作，

长蛇懒洋洋地躺在精心雕琢过的床上

狂风大作的夜里，门拍打个不停。

---

1. 这里指的是 14 世纪时，富拉族的一个阿尔马米（宗教领袖）对加布地区的曼丁戈王国发起侵略战争，导致后者首都埃利沙被破坏，贵族流亡到萨卢姆地区的迪洛尔，锡内王国和萨卢姆王国随之建立。

我的心中还在经历着另一种更为艰难的流放，那就是

自我与自我的分离

远离我母亲的舌头，远离我祖先的头骨

远离我灵魂的鼓声……

我感谢公主预言了迪洛尔的复兴。

我将在夏末抵达。

你的精神是天空，你的风姿是崇高的国度，

你的心灵是幽蓝的夜

它们将组成我入教仪式之后的庆祝会。你是

我的宇宙。

看，那冬日里高悬的彩虹，仿佛是你的旗帜。

你向我展现了我白人兄弟的面孔

因为你的脸是一件杰作，你的身躯是一幅美景。

你金碧的眼睛，像阳光下的大海一样变幻无常

你的耳朵如金银器具，手腕如透明水晶

你像海鹰有敏锐的鼻子，你强健的腰肢是我的支柱

你的步伐如帆船，在风中扬帆疾驶……

但请你保护我，公主，别让你鼻息的风暴

如同海豹一般向我咆哮；让我在岩石上踉跄。

我会在你面前为旋风起舞。

焦躁的心，就像铁铸的马刺一样催促我。

埃塞俄比亚之歌 | 1956

我要冷静下来，啊！这股马驹般冲动的热血。

（为科拉琴所作）

公主，我的公主！在哈马丹风的魔爪下

我回想起

点点幽蓝星光，如蜻蜓一般点缀着短暂的夏夜

还有湖畔的小道，月亮倒映在水中

只有鱼儿的嬉戏声微扰，仿佛是寂静的象形文字。

我怀念那些日子——你阻挡了我逃生的

所有出口

你愤怒地砸碎了珍贵的花瓶，撕裂了

我心灵的纤维

我不知道该欢乐还是痛苦

但是，我知道你的盲目，当你与我争夺石头、森林和激流的

野性的心

争夺海鸟易逝的优雅时

难道你没有看到，你的芬芳是收获时节的清香，

你的美是燧石迸发的光芒吗？

是你吸引我进入阳光下，深入葛丽泰[1]的双眸！

---

1. 指的是葛丽泰·嘉宝，美籍瑞典裔女演员，20世纪30年代因迷人的眼神广受欢迎。诗人此处也指所有美丽的女性。

　　　　　　　阴影之歌

啊！我愿生活在没有日夜之分的夏日，活在

悠长的，没有中断没有顿挫的白天

我感受到髋部的旋律，双峰的骄傲

在你唇畔的花蕾上，

在你的心里，贝尔博格公主。

在我的心里，你的微笑犹如一盏明灯

为我守夜。

因为，你唯一的对手，是我对我人民怀有的热情

我说的是我的荣誉。国家的事务在远方

召唤着我

瘟疫兽疫歉收

部落争端阶级争端，就像受割礼者身上佩戴的

玫瑰花结[1]。

如何破解海上民族的计谋？

你破解了我所有的计谋，你让我远离自己的意愿，

锡内的少女们

在你的目光下，用你金碧的嗓子编唱小曲

嘲笑我的软弱

耻辱让我面如死灰。

---

1. 男性在割礼仪式结束后所佩戴的标志，但在部落和阶级之间的斗争中，这个"玫瑰花结"也可以影射割掉包皮的龟头，容易引发冲突。

我记得行吟诗人兰萨[1]。

当他歌唱维京人的英雄传奇，歌唱

哈尔沃和蒂娜[2]的爱情时

我的心仿佛在照一面镜子

现在我回到了我的人民中间，回到了我的荣耀中间

我已经开始怀念你的光彩，你那足以囚住人心的魅力。

（为科拉琴和巴拉丰木琴所作）

公主，你的信已经送到了我这里，送到了崇高国度的中央，

送到了冈比亚和卡萨芒斯[3]之间。

我旅居在世袭领地的主人家里，那里有属于我血缘的一半，

当然是最纯净的一半。

我欣喜若狂，就像在普桑街[4]21号被你迷住那样——

纤巧的双手和丁香花般的香肩！

我乐于与这种变化莫测的语言进行游戏，就像

在翅膀上滑翔

这是用三种声调歌唱的语言，由尾韵、头韵以及由

---

1. 此处指兰萨·德尔·瓦斯托，意大利哲学家、诗人，主张非暴力。

2. 维京英雄传奇中的经典情侣，就像罗密欧与朱丽叶一样。

3. 字面意思为"国王的家"，是塞内加尔南部的一个地区，也被称为"塞内加尔的粮仓"。

4. 巴黎的一条马路。

阴影之歌

梭子般的声门切割产生的闭塞软辅音共同交织而成

这是一种有力而瘦削的，我称之为精简的语言，

无关的词汇因各自的重量被联结起来。

在这间凉爽的茅屋里，你会在辞藻华丽的君王中间

解开谜语。

贝尔博格公主，你的信打动了

我左侧的心房。

我听懂了你的话。那是一个透明的夜晚，我的心灵守着夜

毫无杂念。

看，猛虎 [1] 将划破天际，比鳗鱼更光滑

比刀片更平整。

它们不把音速和光速放在眼里，蔑视

瞭望台上的六分仪。

它们从远距离击垮了舰队，不费任何闪光任何声响

预言者站在高山上，早已预言过猛虎的到来

那些可怕的空中鲨鱼，没有翅膀，没有心脏

但被镶上了一对大眼睛。

"那是发现的年代。从它们的眼中喷出了黄色的火焰。

河里流淌着金子和汗水。宗主国喝了个饱。

赤贫的人们沦为奴役，父母们卖掉自己的孩子，

---

1. 可能在影射 1939 至 1945 年间著名的 B-29 战机，或是 1956 年科幻小说中
已经出现的超音速飞机。

只换回一枚几尼。[1]

"那是理性的年代。从它们的眼中喷出了红色的火焰。

仇恨像密密麻麻的淋巴结一样，扼住了人们的喉咙，

士兵们深陷在血流的泥泞中。刽子手和学者被授予了勋章；

他们发明了让人死两次的方法。[2]

"这将是技术的年代。从它们的眼中将喷出白色的火焰。

元素将按照神秘的引力和斥力相互聚合和分离。

动物的血液和植物的汁液将变成奶液。

白种人将变成黄种人，黄种人将变成白种人

所有人都失去生殖能力。

"人们将听到空中传来公正的上帝唯一的声音。"

北国的哀思将是我的哀思。我把我的眼睛献给了黑夜

为的是让巴黎继续存在。

我想起在居心街，你抬起了脸庞，

在金色的冬日里，你的前额充满了

石色和青铜的光泽。

你那因不安而变得低沉的嗓音，却像是

世间的黎明到来时，瀑布发出的

慷慨的轰鸣

---

1. 英国旧金币，合 21 先令。
2. 先是殖民活动，后是把非洲人送上欧洲战场。

　　　　　　　　阴影之歌

你的双眸像是照亮阿西西[1]青山的光芒

你的声音你的眼睛，每一天都令我重生。

我迫切地需要听到蒙苏里公园五月的喃喃细语，

看到杜伊勒利花园夏末的奇光异彩

或者，只需要从协和广场正面空旷的一角望去，

在荆棘和藤蔓中再次找到我的方尖碑。

公主，请你保存好这封信。请卖掉庄园土地

和牧群。避雷针也不会有用的。

抛下你的父亲，抛下你的母亲，死者将与死者同行。

而我们选择活下去。

啊！不是在这片崇高的地域，尤其不要在这里。

谜语与紫丁香的时代已经过去了。

我们将烧掉我们"美好季节"的营地，顺流而下

到我母亲的国家——美索不达米亚去，那里有

乌黑的土壤和血液，丰饶的油脂。

那里的人有四肘尺高。他们分不清左右，

用九个名字来称呼棕榈树，而棕榈树却没有

被真正命名过。

我会登上四条独木舟组成的战车

戴着双层教皇帽，作为黑夜和醒狮的使者

---

1. 意大利城市，方济各会的创始人圣方济各的出生地，该地区多山且湖泊众多。

到对岸去迎接你。

我知道这里不是高贵的国度，而是上帝在第三天创造的地方

水土各占一半。

公主，我的高贵就是在这片土地上生活，依照

这片土地的方式

像大米薯蓣棕榈叶和红树一样，像祖先海牛祖先鳄鱼

还有我的姐妹莉朗加[1]一样。她跳着，她活着。

因为，除了在他者之中跟随他者生活，如同被旋风连根拔起的

　　大树那般

如同浮岛的梦境那般活着之外，我们还能怎样生活呢？

如果不在他者之中跳舞，那么活着是为了什么呢？

莉朗加，她的双脚像两条蛇，双手揉着杵，鞭打着

耕作中的公牛

从沉闷的土地里涌出了节奏，汁液和汗水，涌出了一阵

夹杂着湿泥味的气浪

震颤着雕像一般的小腿和向私密处敞开的大腿

在臀上滚动，令腰肢凹陷，绷紧腹部、喉咙

还有指引达姆达姆鼓声的双峰。公主，达姆达姆鼓声苏醒了，

达姆达姆鼓声让我们苏醒。达姆达姆鼓声打开了我们的主

---

1. 班图族女性人名。

动脉。

达姆达姆鼓咚咚作响，咚咚作响，跟随着心的节拍。

然而，达姆达姆鼓声飞奔起来了！噢，达姆达姆鼓声在飞奔。

公主，我们的肩膀在波浪的冲击下摇摆

我们肩膀像树叶在旋风中颤动

我们的藤蔓在水中荡漾，我们的双手如睡莲一般绽开，

我们木麻黄般纤细的指间有信风在歌唱

光照在我们脸上，比金面具更加美丽！……

公主，我们将成为死亡的主宰者。

请保存好这封信，公主，我们将会成为

苍天与大地。

公主之死（为一面葬礼的达姆达姆鼓所作）

达姆达姆鼓声响起！甘杜恩[1]的达姆达姆鼓声冈比亚的达姆达

　　姆鼓声和

彼岸的达姆达姆鼓声。

鼓声说：安静！然后庄重地宣告你的名字。信件内容忠实

　　如下：

---

1. 位于萨卢姆入海口的一座岛屿，以塞雷尔人为主。

——我的姐妹贝尔博格公主已经与世长辞

但她留下了一封回信，上面盖有她纯洁的印章

那枚刻有一轮金色新月的红色星形纹章。

"公主如此重视我们的友谊！我已经听到了你的话。

"你的信如同美酒佳肴一般，让我心旷神怡

神清气爽！

"我的职责使我留在了自己的领地。部落间的争斗

侵蚀着土地

"热情的过度泛滥，动摇了

家园的根基。

"在我需要修葺和重建的时候，如何能够

纵情欢娱？

"面对力所不逮的使命，你的话是

酒醒后的毒药。

"啊！那些短暂又太过短暂的夜晚，我迟迟未眠，

在灯下重温你的书信。

"外面，白桦林在风中颤抖，猫头鹰

没有休止地啼叫。

"我到达不了春天了，难道我到得了吗？

"天火会在顷刻间毁掉白人

宏伟的建筑。

阴影之歌

"我黑皮肤的君王，请保存好这封信，正如

我保存你的那样。

"愿这封信可以成为你的日常食物，你的面包你的盐和

你的天空。

"铭记贝尔博格公主的形象，就像寒冬埋在

荒芜土地里的种子。"

她说了，她沉默了，她不复存在了。

现在她安息了，修长笔直

又美丽，仿佛是一枚被裹在雪白礼服与橙树香气中的

成熟的象牙。

她在青蓝的冷杉树下安息，乖巧的发丝如同

一束束的淡紫的小麦。

——公主我的公主，没了你，我那

孤儿般的土地又有何用

我那没有种子的土地我那没有棚子的牲畜

我那没有源泉的果园，又有何用？

我的灌木丛我的泥浆，我的黑人性我那没有阳光的黑夜

又有何用？

要是有曼丁戈族[1]农民的知识就好了⋯⋯

然而，连希涅尔的微笑都消失不见了！

1. 西非内陆民族，是冈比亚的主要民族。

我会不会像父亲那样，在泪水中孤独地老去？

而杂草和灰蛇却在母亲的房里消遣？

不，不！我的贝尔博格，在你安详的衣裳里安息吧，

在安抚着你的死者我的死者的蓝色村庄中安息吧。

你会在我心灵的花园里绽放

迷雾还慵懒地笼罩在我所有河流之上

但是光明缓缓地填满我黑夜一般的

双眸。

安息吧，贝尔博格。噢！穿上你华丽的长袍安息吧。

奥格地区戈纳维尔[1]，1953 年

---

1. 法国北部诺曼底大区的一个市镇。

其他的诗……

（为卡兰姆琴所作）

你的面容隐藏在彼岸哪个持续了三日的

暴风雨之夜中？

我胸中的薄墙摇摇欲坠的时候，哪些雷声让你的心

冲出了胸膛？

我被困在布满露水的空地上，因严寒而颤抖。

啊！我在林间曲径中迷失了方向

是藤蔓，是蛇在阻挡我的脚步吗？

我陷入了焦虑的泥泞中，我的呼喊沦为

湿润的呻吟。

但是，何时我才能听到你的声音

听到那拂晓中明亮的欢乐呢？

何时才能在你的眼中，那像海湾一般宽广的镜面中，

看到自己的倒影呢？

什么样的供品才能打动

女神的无色面具呢？

会是鸡或山羊的血吗，还是我血管里流淌着的

无私的血呢？

我该在洗净自身傲慢的仪式中

开始唱颂歌吗？

请千万给我积极的回应。

（为卡兰姆琴所作）

索贝[1]，今夜你的脸是下着雨的天空，被你双眸的光辉

悄无声息地穿透的天空。

哞！海牛朝着卡塔玛戈吼叫！叫声惊动了

夜里的村庄。

白色羽毛的鸡累翻倒地，纯净的牛奶在墓中

变得浑浊不堪

患白化病[2]的牧羊人跟随着同年亡者庄严的达姆达姆鼓声

在滩涂里起舞。

格洛瓦们在迪亚考哭泣，是哪位君王离开

去往香美丽殿[3]了呢？

---

1. Sopé，源自沃洛夫语 sôpa，原意是热爱、珍爱，此处可理解为"亲爱的"。
2. 此处应指白化病人肤色所呈现的粉红色，也被认为是来自死亡彼岸的颜色。
3. Champs-Méridiens 的音译，字面意思为"子午线之地"，该词由桑戈尔按照 Champs-Elysées（今通译"香榭丽舍"）的模式创造的新词，用于指代英雄和勇士们的灵魂居住地。

今夜该如何在你逐渐变黑的天空下入眠呢？

无月之夜，我的心是一只放松的达姆达姆鼓。

（为卡兰姆琴所作）

我不知道，曾几何时我总是分不清童年和伊甸园

就像我分不清生与死——一座甜蜜的桥梁将它们

联系在一起。

那时我从法奥耶[1]回来，沉浸在庄严的坟墓中

就像海牛到西玛尔[2]的源头饮水那样

那时我从法奥耶回来，恐惧到了极点

那是见到亡灵的时刻，当光线变得透明的时候

必须要远离小路，为的是躲避他们伸出那

既友好又致命的手。

一整个村庄的灵魂在地平线上跳动。他们是

活人还是死人？

"愿我平和的诗成为安息的水，洒在你脚上与脸上

"愿我们阴凉的庭院让你心旷神怡。"

她对我如此说道。

她平滑的双手为我系上了一条尊贵的

---

1. 若阿勒附近的神庙，桑戈尔某些先祖埋葬于此。
2. 若阿勒附近村庄，塞雷尔人会去那里的地下泉水净化自身。

丝质缠腰布

她的话语犹如美味佳肴一般吸引我

——就像午夜香甜的牛奶

她的微笑比她行吟诗人的卡兰姆琴

还要悦耳动听。

晨星坐在我们中间，我们流下了

喜悦的泪水。

——我美丽的姐妹，请保存好这些金种子，

愿它们歌唱你喉咙深邃的光芒。

它们原本是为我美丽的未婚妻准备的，但我却没有未婚妻。

——我亲爱的兄弟，告诉我你的名字。应该让它

如索隆琴[1]声一般响彻高空

如阳光下的剑一般光彩夺目。噢！只需要

唱出你的名字。

我的心是一只珍贵的匣子，我的头是一张

来自杰内[2]的老羊皮纸。

只需要唱出你的家族，我的记忆就会回应你。

我不知道曾几何时，我总是分不清

1. 富拉族语，指某种科拉琴。
2. 马里的城市。桑海帝国的古都之一。

　　　　　　　　　　　　阴影之歌

现在与过去。

就像我分不清生与死——一座甜蜜的桥梁将它们

联系在一起。

（为卡兰姆琴所作）

要是我能像沙滩上的渔民那样

牵住她的心，

要是我能用脐带牵住她的心就好了。

南方大门的这份懊悔绵延不绝——请不要

伤害我的尊严。

何时才能在鸫鸟金属质的尖叫声中，伴随着云霄间的雷声

欢欣雀跃呢？

我是持续一个季节的洼地。没有一只鸽子

来这里饮爱。

离别的蛀虫蚕食着温和的人心果。

只需从海鸥洁白的翅膀上念出我的名字

我就可以用琥珀色的手安抚

我狂躁不安的胸膛。

（为笛子和巴拉丰木琴所作）

缺席的女人啊缺席的女人，噢！双重的缺席，从冷冰冰的干旱
    中缺席
从纸面上稍纵即逝的淡漆中缺席，从只有赖草生长的
白金沙漠中缺席。
缺席的人啊缺席的人，你双眸射出的目光是利箭，
穿越了云母般透亮的地平线
穿越了天边幽绿的海市蜃楼，你的双眸是
你远古祖先的候鸟。
羊毛斗篷已经披在锐利的肩头上，如同
挑战猛兽的长矛
我的爱的标枪已经落在蓝色的鸡冠头盔上
支离破碎。

你听，你太阳穴规律地跳动着，你的血液在此处
敲打出达姆达姆鼓声
噢！你听——你已经远在葡萄色沙丘的另一边了
听，当你的豹子纵身一跃，游戏的声音微微作响
然而，听听那双手发出的声响，仿佛海浪
拍打着沙滩。
我双眸的磁力，比海妖的歌声更强的磁力
已无法再留住你了吗？

阴影之歌

啊！身材修长者的歌声也不能吗？你说，如山火一般热烈的
情人的声音呢？

缺席的人啊缺席的人，噢！双重的缺席，你的侧脸
遮蔽了金字塔。

（为笛子和巴拉丰木琴所作）
我犹如无翅鸟儿的无用鸟嘴，沿着你
透明的脸颊滑动。
你沿着我的臂弯我的亲吻滑动，滑入了某个模糊的
风雨交加的午后
就像光滑的油和嬉戏的鱼
就像川流从芦苇徒然的挽留下逃逸。
啊，倦怠的头脑，无尽的泥沼！你不过是
一张颤动的相片
不过是一幅这法兰西岛上的湿润景色，一幅显露了
逝者蓝色微笑的景色。
这就是死亡的写照，我想，死去就能
摆脱头痛。

然而，我不能再为自己抹上你胳膊上的没药圣膏，也不能再抹上
你的面油

死去就无法再见面，也无法再喝到你白天的乳汁！

但要是我能变成一束光，在你线条流畅的雕像前沉睡该多好

绿光为你披上金衣，让你成为我

辉煌夜晚中的太阳……

（为管风琴和远处的达姆达姆鼓所作）

耶路撒冷，欢喜起来吧……我是说，我的心，欢喜起来吧！

空虚和空旷的心，就像一个冷冰冰的房间——但是，泪水落在

主啊你平静的手中。

当她晨光中的脸庞骤然雷电交加，在高耸的屋顶上

犹如在雪白的羽翼上欢喜起来吧。

在如椰奶般香甜的教堂中和她庆祝复活节的面容上

欢喜起来吧。

孩子们穿白衣男人穿白衣，女人们穿得像

盛放的花朵

缠腰布和长袍散发着芬芳，我的爱在

峡谷的夜空中闪耀如星辰。

透过白天的声音，透过喜悦的声音，透过

没药和乳香，透过丰盛的肉香和

塞雷尔的狂舞，欢喜起来吧。

　　　　　　　　　　　　　　阴影之歌

主啊，让我的心欢喜起来吧，仿佛在

欧洲的一个礼拜日醒来。

我心中充满了黑暗，我的上帝。请打破那个

不祥的盒子

请击碎我的心，让它化作颂歌

纯洁的花瓣。

（为长笛所作）

然而，此时已是正午和傍晚。我听见远近悠扬的声音

在雾中飘荡，

我怀念她的脸容。不是太阳，只是

她的微笑

不是她欣喜若狂的呐喊[1]！而是小号声。啊！是加冕的鸟儿

唱出的小号声。

夜晚响起的圣母颂，白天弥漫的

人心果香气

堡垒的葡萄牙石头上，闪耀着

圣母颂的光彩

旧时的摇篮曲散发出肉桂香，儿时的泪水落在

---

1. 原文为 Waï，指惊呼、赞叹的感叹词。

平滑的手中。

若阿勒的圣母颂和远近的声音

在六点钟的迪洛尔滩涂响起——万物没有厚度

也没有重量。

这是富拉族天使的声音吗，还是在二十岁早亡的

女歌手的声音？

是童年王国的保姆的声音？那声音魅惑如墓蛇。

还是野鸭发出的小号声？

人们从矿井从田野从猎区归来。

我说的只是她吟唱圣母颂时的微笑

为一首没有记忆的哀歌加上了尾音。然后

世界的早春到来了。

阴影之歌

后记：如海牛一般追根溯源

这不是一篇序言。我不是在跟读者说话。三个世纪前，莫里哀曾说过，"取悦"是最重要的规则。我之所以写下这些文字，是从友人的一些批评中得到了启发。为了回应他们的质疑，也为了回应其他人的指摘。这些批评的声音若不是出于黑人诗人用"法语"写作，就要求他们要写出"法国味"，就是指责他们模仿了法国的伟大诗人。他们指责我模仿圣-琼·佩斯[1]，而我在写《阴影之歌》和《黑色祭品》之前并未读过他的作品。同样地，有人指责塞泽尔的达姆达姆鼓节奏让人感到厌烦，就好像斑马的特征不是带有条纹一样。事实上，我们像是海牛。根据非洲神话，海牛以前是四足动物或人类，那时候它们会追溯至水的源头去饮水。我已经不确定这是神话故事还是自然历史了。

但让我们回到文学史。正如我在别处说过的[2]，在《诗选》[3]中的诗人们那里，他们的冒险不是文学事业，甚至不是娱乐，而是一种激情。因为，诗人就像产妇那样：他必须生产。尤其是黑人，他们来自这样一个世界，在这个世界里，人一旦被感动，回归自我，回归本真，言语就会自然而然地富有节奏。是

---

1. 圣-琼·佩斯（1887—1975），法国诗人，外交官。

2. 参见《见证半个世纪以来的诗歌》（比利时，诗人之家出版社）一书中有关黑人诗歌为上半世纪文学做出的贡献。——原注

3. 参见《黑人和马达加斯加法语新诗选》（法国大学出版社），由保罗·萨特作序《黑皮肤的俄耳甫斯》。——原注

的，言语就变成了诗歌。我应该透露这些吗？埃梅·塞泽尔的《还乡笔记》是一次痛苦的分娩。它的母亲几乎在那儿丧命，我是说，它成了痛苦的缘由。这让他终身难忘，就像那些在欧洲被关在精神病院里的预言家一样，非洲继续供养和崇敬他们，发现他们是上帝的使者。

当然，他们已经"进化"了。用一个不光彩的词来说——黑人们，自从共和二年雨月十六日颁布法令[1]以来，他们进化之快，甚至令人害怕。但是，他们依然是他们自己。他们依靠**感觉**，而非思考。美，同时还有灾难总是像长矛一样笔直地击中他们生命的根源。对我来说，这种**现象**让我困扰，我的脸色会因此阴沉下来。它让我注定成为一位演员！在面对勒阿弗尔的"海洋之门"时，在面对法兰西岛的秋景时，在面对一座佛罗伦萨宫殿、一幅乔托的壁画时，在听到关于印度饥荒、安的列斯群岛飓风、塔那那利佛[2]地震的消息时，黑人们从腹股沟被**征服**，被闪电击中。他们是王子面前的**格里奥**，运动员和狮子面前的少女。他们歌唱，但不歌唱他们用眼睛所见到的。当然，他们已经进化了，因为，讨论爱情的课程和体操比赛早已被宣告死亡！他们不再需要用达姆达姆鼓和巴拉丰木琴的节奏，科拉琴的音色和情人的香气来滋养自己。这就是现在的诗人，在一间灰色的旅馆房间里度过灰色的冬天。他怎么能不怀念童年的王国，怎么能不在虚无的当下幻想未来的应许之地呢？他怎么能不呼吁"黑人性站起来"呢？既然他的乐器早已

---

1. 指 1794 年 2 月 4 日法国颁布废除奴隶制度法令。

2. 马达加斯加首都。

被没收，就用烟草、咖啡和白色方格纸代替吧！在这里，他就像格里奥，腹部和喉咙处于同样的紧张状态，在痛苦中寻求欢乐。我说，这是爱与分娩。现在，诗人到达了他努力的终点，成为了情夫与情妇，满嘴流涎，黏黏糊糊，侧卧着，毫无悲伤！非但没有悲伤，更是得意洋洋：他轻松、自在地抚摸着他的儿子——诗歌，就像上帝结束了第六天的工作。

　　我为何要否认呢？《诗选》里的诗人受到过影响，许许多多的影响：他们以此为荣。我甚至可以透露，我像阿拉贡[1]那样读了很多书——从行吟诗人到保罗·克洛代尔[2]，也模仿了很多。我不得不用法语写作，我稍后会解释为何用一种不属于我自己的语言写作。我也要承认，在法国解放之后，我发现圣-琼·佩斯的时候，就像前往大马士革路途上的保罗那样惊叹不已。《亡灵书》也同样令我**欣喜若狂**。有什么值得惊讶的？这部诗文并非完全来自欧洲，让·吉昂鲁指出多贡[3]宇宙起源论的文本"与克洛代尔先生或阿莱克希·莱热尔先生（即圣-琼·佩斯[4]）的诗歌并非没有类同之处"，这一断言并非偶然。我的抽屉里已经有这两种诗集的材料了。事实上，我主要是阅读，更确切地说是倾听、记录和评论了非洲黑人的诗歌[5]。过去

---

1. 阿拉贡（1897—1982），法国诗人。
2. 保罗·克洛代尔（1868—1955），法国诗人、剧作家、外交官。
3. 多贡人是生活在西非马里的古老民族。他们的传统宗教提到了太阳系外的天体。
4.《法国与黑人》(伽利玛出版社)。——原注
5. 参见《非洲黑人的语言与诗歌》，收录在《诗歌与语言》(比利时，诗人之家出版社)。——原注

安的列斯人忽略了它们（除了塞泽尔之外）的存在，当他们深入了解自己的内心，任凭自己被激流携走，潜入地下一千米的深处，就自然而然地重新发现了这些诗歌。如果有人想向我们介绍诗歌的巨匠，更明智的做法还是该到非洲去找，就像海牛到西玛尔的源头去饮水那样。

除了我们想要传达的关于兄弟情谊的**信息**之外，我们还可以更好地理解《诗选》中的诗人的风格和他们体现的**黑人性**。一些评论家称赞或批评我们的奇异（pittoresque）。他们相信这是我们自然流露出来的奇异。我记得在小学时，法语的一切对我来说都是奇异的，包括词汇组成的音乐。对我们村的妇女来说也是奇异的。在旱季和冬季，她们穿上长裤，戴上头盔、墨镜，模仿法国人说话，以此来逗笑上帝并引来雨水。我们说**科拉琴、巴拉丰木琴、达姆达姆鼓**，而不说竖琴、钢琴和鼓的时候，并非为了显得奇异，而只是在称呼事物本身的名称。我们之所以写作，首先不仅仅是为了非洲的法语，如果法国的法语认为它是奇异的，我们将对此感到遗憾。信息、图像并非先天存在；而是简单地存在于对事物的命名过程中。这就是莱伊·卡马拉的小说《黑孩子》的诗意之所在，比拉戈·狄奥普的《阿马杜·库姆巴故事集》也是如此。语言的这种力量已经在非洲黑人的语言中出现。而且，正如我在其他地方试图说明的那样[1]，无论是在语音、形态还是语义层面上，几乎所有词语都是**描述性**的。字词在这里不仅仅是意象，它甚至不需要

---

1. 参见《非洲黑人的语言与诗歌》。——原注

借助隐喻或比喻，就是类比性意象本身。给事物命名的同时也显示了符号背后的意义。因为对于非洲黑人来说，一切都是符号和意义：每一条生命、每一件事物，材料、形式、颜色、气味，还有姿势、节奏、音调、音色、缠腰布的颜色、科拉琴的形状、新娘凉鞋上的图案、舞者的步伐和姿态、面具，诸如此类。我想起我的朋友乌弗埃-博瓦尼在亚穆苏克罗[1]提供的令我为之自豪的接待。所有巴乌莱贵族按照正式仪式的秩序着装打扮。长长的金项链、手掌一般大小的盘子，手柄上镶嵌着金叶的拂尘；尤其是冠冕上用黄金雕成的大象、蜘蛛和丰饶之角。这种秩序，这些王权的象征对我来说是一种非常清晰的语言。回到语言的意象，法语中习惯于援引其他抽象的、情感的词汇来强调类比。正如最近安德烈·卢梭指出的那样，保罗·克洛代尔在翻译的过程中感受到，需要设法让《圣经》意象的含义更感性地传达出去。几个世纪的理性主义已经过去，它曾用透明的薄纱筑起过一道墙。超现实主义的功绩在于揭示了两个具体的词就足够了，并且"两个相近的实在物之间"的关系越"远"[2]，形成的画面就越强烈。但正如我所说，非洲黑人诗人通常只需要一个符号：

村里已经没有青年了。

听我说，迪亚科尔·德·穆萨。

太阳在天穹之顶，没有一丝杂音！

---

1. 科特迪瓦的首都。
2. 安德烈·布勒东，《超现实主义宣言》(萨基泰尔出版社)。——原注

没有一个隐喻，但我们通过这些简单的词语能感受到，静谧的正午时分和**圣灵**庄严的在场。

而且，既然要对我的诗歌进行自我解释，我就得再次承认，我的诗歌中提及的众生万物几乎都来源于我的家乡——散落在众多滩涂、树林、海湾和田野中的几个塞雷尔村庄。我只需要说出它们的名称，就可以重现童年的王国，（我希望读者能和我一同）"穿越象征的森林"。我曾与牧羊人和农民生活在那里。夜晚，我父亲经常因为怪罪我到处游荡而打我。最后，他为了惩罚我和"矫正"我，把我送到了白人学校。这让我的母亲非常失望，她总是抱怨说七岁还太早。我曾经生活在这个王国里，亲眼见到，亲耳听到了传说中的神奇生物：罗望子树上的库斯，守护喷泉的鳄鱼，在河里歌唱的海牛，还有村里的逝者和祖先。他们跟我说话，引导我发现黑夜与正午交替的真理。因此，我只要说出童年王国里的各种事物和元素的名称，就能够预言明日之城，让它从过去的灰烬中重生，这就是诗人的使命。

但是，类比性意象的力量只有在节奏的作用下才能被释放出来。只有节奏才能激发诗歌上的短路，将铜转化为金，将言语转化为圣言。在两次世界大战之间，人们对"惊人的意象"进行了滥用；甚至将其视为诗歌的精髓。幸好，安德烈·布勒东本人反对了这种滥用行为，他在《黄金的沉默》中强调了词语感性的（我更愿称作"感官的"）品质[1]。他写道："超现实主

---

1. 感性对应 sensible，感官对应 sensual。

　　　　　　　　　　　　　　　　　　　　　　阴影之歌

义的写作从未如此相信文字的音调价值，对器乐的消极态度似乎在此处得到了补偿。在语言层面，超现实主义诗人在过去和现在都无比迷恋字词的这种特性，即字词通过奇特的组合，在人们最不抱期待的那一刻闪闪发光。"他还说："伟大的诗人是'听觉者'（auditif），而非'视觉者'（visionnaire）。"

　　我想坚持我的主张，避免做出一些价值判断。黑人诗人，无论《诗选》中的诗人还是传统的行吟诗人，首先都是"听觉者"，是**吟唱者**。他们服从于"内在音乐"的专制支配，首先是服从于节奏。我又想起了我们村庄里的体操诗人，那些最天真的人，他们只能也只会在达姆达姆鼓声中进入迷幻境界，在达姆达姆鼓节奏的推动、启发和滋养之下进行创作。于我而言，首先有一个表达、一个句子、一句诗，如同主旋律一般在我耳边低语。而且，当我开始写作时，我不知道这首诗会是什么样子。这就是黑人诗人的处境，而亨利·赫尔不理解这一点。他在谈到埃梅·塞泽尔时写道："我们喜欢他的一些诗歌的咒语力量，比如《巴图克》萦绕人心的节奏。然而，如此强烈的迸发，如此众多的夸张，如此过度的刺激并非不会令人感到疲倦。比如，大量地使用稀有词（喙嘴翼龙、三层刺网、聚结等等）是否有必要？不断被加剧的抒情会变得单调起来。《犬无吠声》不再是一出悲剧，它成了一个长长的抒情式的呐喊，其中蕴含的激情变得枯燥暗淡。词语的不停喧闹让人耳聋。不断闪烁的意象（尽管它们是如此令人眼花缭乱）模糊了视线。那些只是不断列举、不断呐喊的诗歌就不再是诗歌了。而这首诗除了规律地重复某些咒语之外没有其他节奏，这样一旦时间过长就会分崩离析。不断涌现且不可控制的意象使其本身失去了所有效力……"[1]请原谅我长篇引用了亨利·赫尔的话。我们以这样一个不想理解、拒绝"同情"（sympathie）的批评家为例来提出问题。让我们回到意象上。这位批评家之所以说到"不断涌现且不可控制的意象"以及这些意象的"无用"，那是因为他没有洞察它们的意义。他借口应该拥有法国和黑人诗人的双重文化才能够理解。更严重的是，他没有看到，塞泽尔笔下的意象不仅仅是模棱两可的，而且具有双重和**多元**的意义。同样的思想情感在这里通过一系列意象传达出来，每个意象都有自己的生命，就像钻石的每一个侧面都在散发意义的光芒。更糟糕的是，赫尔并没有明白"不断闪烁的意象"只是节奏的一种形式。因为，问题还在节奏这里。萨特对此深有体会，他在《黑皮肤的俄耳甫斯》一文中写道："我们可以在此谈论**介入性**乃至**主导性**的自动书写，这并非因为有任何反思的介入，而是因为词语和意象持续透露出一种同等狂热的执念。白人超现实主义者在自己内心深处发现的是'松弛感'；塞泽尔在自己内心深处发现的却是绝不善罢甘休的诉求和愤懑。莱罗[2]的文字组织松散、毫无紧迫感，他是通过减弱逻辑衔接，谈论广泛、模糊的主题来做到的；而塞泽尔的文字相互挤压，并且被他狂热的激情融为一体。在最冒险的比喻和最遥远的主题之间，隐秘地贯穿了一丝希望与仇恨。"因为新

1.《时代的诗人：皮埃尔·让·儒弗、勒内·夏尔、埃梅·塞泽尔和雅克·普列维尔》(《喷泉》杂志第57期)。——原注
2. 艾蒂安·莱罗（1910—1939），马提尼克岛作家。

的黑人为一种清醒的激情所驱使，也因为这位前高等师范学院的学生在狂热之时仍然是他母语的巨匠，这样的理解才有可能。我想说明的是，节奏仍是问题所在。不仅体现在现代法语的音调中[1]，而且体现在对相同单词和相同语法范畴的重复使用，乃至对某些语言修辞的使用已经成为本能，比如，头韵、类韵、尾韵等。

满载太阳与彩虹的夜的舵手

大海与死亡的舵手

自由啊！我的傻姑娘

小腿沾满了新鲜的血液

你的尖叫声是受惊的鸟儿是柴束

又是水底的混血者

又是边材是试验又是得意洋洋的荔枝

又是亵渎

爬呀爬呀

我高个的女孩身上布满马匹和树叶

还有机遇和知识

以及遗产和源泉

在你的爱的顶端在你的迟缓的顶端

在你的圣歌

---

1. 参见安德烈·斯皮尔和语音学家们（鲁塞洛神父、乔治·洛特、罗伯特·德·苏萨和莫里斯·格拉蒙）的研究。——原注

还有你的灯的顶端

在你的昆虫和树根的尖端

巨大的鱼卵在爬行

沉醉于猛犬、獒犬和年轻的野猪

沉醉于披针形的矛头腹蛇和大火

爬向贴膏药的瘰疬病例的溃败[1]。

　　这首诗的核心在于节奏，它从情感中诞生，反过来又引发情感。幽默是黑人性的另一面。也就是说黑人性具有多重意义，就像意象具有多重意义一样。在莱昂·达马斯的作品中是这样表现的：

一切为了你的需要

一切为了你的快乐

一切都在幻想中

一切都在蔚蓝海岸

一切最终只属于你自己一个人

但什么都没有

但仍然没有

但仍然总是没有

---

1. 埃梅·塞泽尔，《犬无吠声》。——原注

我旅馆的储物柜里什么也没有

如果并非是

可怜的吊死鬼

摇晃的钥匙

有没有都一样[1]。

  重点并非是要将《诗选》中的诗人与法国伟大的诗人进行比较，尽管加埃唐·皮孔、让-保罗·萨特、安德烈·布勒东都毫不犹豫地将塞泽尔视为最伟大的诗人之一。我们没有这么庞大的野心，而只是为了承认他是先驱，承认他为真正的黑人诗歌开辟了道路。然而，这不意味着要放弃成为法国诗歌的一部分。就像那些被称为"早期流派"的佛兰德斯、荷兰和意大利画家那样。我要重申一次，这一研究旨在展示不同的**情况**，如果诗歌的本质在任何地方都是一样的，诗人的气质和使用的方式却是多样化的。批评塞泽尔和其他人的节奏，批评他们"单调"，一言以蔽之——批评他们的风格，就相当于责备他们生来就是"黑人"、安的列斯人或非洲人，而非基督徒或者"法国人"；就相当于指责他们坚持自我，坚持不可磨灭的真诚。"如此众多的夸张，如此过度的刺激"，对塞泽尔的上述评价只能用他的安的列斯血统、几个世纪的奴隶制，还有非洲和自我的异化来进行解释。我的意思是，几个世纪以来，他被迫脱离**自身的**秩序，被抛入了流亡的痛苦之中，陷入了异族通婚和资本主义的矛盾之中。就像路易斯·阿姆斯特朗会吹小号，

1.《涂鸦》(皮埃尔·塞格尔出版社)。——原注

诗人使用他的笔杆子有什么值得惊讶的？或者，更准确地说，像伏都教的信徒那样使用**自己的**达姆达姆鼓，又有什么值得奇怪的呢？他需要迷失在语言的舞蹈中，迷失在达姆达姆鼓的节奏中，才能在宇宙中找到自我。亨利·赫尔谈论茹夫[1]时写道："我们在世上就是为了与上帝完全地结合，如果上帝是普世之灵魂，为了接近它，诗人就必须像神秘主义者一样丢掉自己的人格概念。他必须使自己摆脱虚幻的个性，为的是找到隐藏于**个性之下**（en-deçà）的**更高的自我**（Moi supérieur）。允许自我被摧毁，为的是扩展自我，直到触及最终的现实。"强调部分是我加的，可能用**"超越"**（au-delà）一词更为贴切。我完全赞同这个判断。塞泽尔恰恰没有做别的；他只是通过他的方式来达到这一点，这些方式来源于他的种族和故乡的岛屿——"诱蛇者马提尼克岛"[2]。

关于这一点再多说几句。我的朋友克朗西耶曾给我这样的建议："让我们希望桑戈尔能够创造出一种节奏更加多元的语言。在这一语言中，一个意象、一个词将能够突然地抬高它的脊梁，让诗歌的修辞围绕着这一脊梁组织起来；届时，他会让我们真正走进他诗歌的世界，那个世界既别具一格又富有人性。"那是在1945年。亲爱的克朗西耶，我也许听从了您的建议，后来其他人也采纳了您的建议。如果我当时意识到这一点，我会感到遗憾的。难道你没有发觉，你在劝我按照法国的

---

1. 茹夫（1887—1976），法国作家、诗人。
2. 安德烈·布勒东，《诱蛇者马提尼克岛》（1948）。

方式组织诗歌，把它变得像一出**戏剧**，如果在我们这里是**交响乐**，那就要把它变成一首歌、一个故事、一个剧本、一个黑人面具？但是单一的音调使诗歌与散文区别开来，这是"黑人性"的印记，是通向根本的事物，即通向宇宙力量之真相的咒语。

但是，接下来有人就要问："既然如此，你为何要用法语写作？"因为我们是文化的混血儿；因为，我们用黑人的方式去感受，却用法语表达自我；因为，法语是一种具有普遍意义的语言，我们既向在法国的法国人说话，**也**向其他人传递信息；因为，法语是一种"善意和诚实"的语言。[1]谁说法语是工程师和外交官灰暗、单调的语言？当然，我也曾出于论文的需要这样说过一次。我会被原谅的。因为我已品尝过、咀嚼过、教授过它，所以我知道它资源丰富，知道它是众神的语言。请听高乃依、洛特雷阿蒙、兰波、贝玑[2]和克洛代尔的声音，请听伟大的雨果的声音。法语是巨大的管风琴，能够适应各种音色和各种效果，无论是最甜蜜的温柔还是暴风雨中的电闪雷鸣。它能够依次或是同时发出长笛、双簧管、小号、达姆达姆鼓甚至是炮管的音色。另外，法语赋予了我们在母语中十分罕见的抽象词，在它这里，眼泪变成了宝石。在我们的语言中，词语自然地被笼罩在汁液与鲜血的光晕之中；法语的词语像钻石一样闪耀着千百种光芒，像烟火一样照亮了我们的

---

1. 让·盖诺，《法国与黑人》（伽利玛出版社）。——原注
2. 夏尔·贝玑（1873—1914），法国诗人，在第一次世界大战中阵亡。

夜晚。

现在是最后一个问题，即关于诗歌的朗诵方式。我认为这非常重要。我从我们村庄的女诗人玛罗娜[1]那里学到的重要一课是，诗歌就像颂歌或者音乐一样，这并非文学上的陈词滥调。诗歌和爵士乐的乐谱一样，演奏与文本具有同样的重要性。从一部诗集到另一部诗集，我越来越坚信这种想法；当我在诗歌的开头给出一个乐器的指示，这并不单单是一个形式。因此，同一首诗可以被朗诵（我说的不是夸张地朗诵）、被诵唱或被歌唱出来。首先，可以按照法语的传统来朗诵诗歌，强调每个词组的重音。我希望这本诗集中使用的富有表现力的标点符号能对此有所帮助。也可以像莫里斯·索纳尔·桑戈尔那样，在一种乐器的伴奏下朗诵诗歌，比如达姆达姆鼓、塔玛鼓、科拉琴、卡兰姆琴。然后，要像黑人村庄里的宣传员那样，突出诗句最后的重音和抒情高潮处的重音。或者也可以在音乐的伴奏下诵唱诗歌，要使用同样的乐器，最好是长笛，管风琴或一支爵士乐队。电影给了我们这样的思路，只不过，这里的音调更为单一。最后，我们可以真正地根据乐谱来唱出诗歌。《独木舟桨手的弥撒曲》的作者——巴拉-佩珀女士为《入教者的颂歌》[2]所创作的非洲主题音乐就是一个绝佳例子。

我始终认为，只有同时成为颂歌、言语和音乐，一首诗才

---

1. 我在一次对非洲黑人口头传统诗歌的调查中，发现了玛罗娜的天才之处。她创作了约两千首体操颂歌，声名传遍了旧时锡内王国（塞内加尔）的各个角落。——原注
2. 参见《为奈耶特所作颂歌》。——原注

算真正完成了。现在流行的所谓**富有表现力的**朗诵方式，比如戏剧式的或者街头表演式的朗诵，都是"反诗歌的"（anti-poème）。仿佛多元的节奏之下不是单一调性似的，这种单一调性表现的恰恰是宇宙永恒力量的**实质性**（substantiel）运动！……是时候阻止现代世界的分崩离析了，首先要从阻止诗歌的分崩离析开始。应该让诗歌回到它的源头，回到它被歌唱和被舞蹈的时代。比如在希腊、在以色列，尤其是在法老时期的埃及，比如在今天的黑非洲。如果"凡一家自相分争"，一切艺术只能走向灭亡。诗歌不该灭亡。因为如果那样的话，世界的希望在哪里呢？

斯特拉斯堡，1954 年 9 月 24 日

夜曲

1961

希涅尔之歌

（为长笛所作）

阳光伸出手抚摸我布满黑暗的眼睑

你的笑脸从薄雾中冉冉升起，一成不变地高悬在刚果的上空。

我的内心回荡着金色鸟儿清脆嘹亮的歌声

正如我手臂血管中的血液曾响起的充满活力的歌声般节奏

这里有灌木的花和我发间的星辰，还有束在牧羊人额间的

　　　发巾。

我要借来长笛，给牛群的安宁带来韵律

我要在菲姆拉[1]喷泉边坐上一整天，坐在你睫毛的阴影里

我要坚持不懈地放养你那金色的牛群。

因为今天早上，阳光伸出手抚摸我布满黑暗的眼睑

我的心一整天都在回荡着鸟儿清脆嘹亮的歌声。

（为卡兰姆琴所作）

你已经把战士黑色的脸庞捧在手里很久很久

仿佛一些致命的黄昏已经照在了他的身上。

从山上我看到太阳在你双眸的海湾里落下。

---

1. 迪洛尔附近的村庄。桑戈尔诗歌的灵感源泉之一。

我何时能再见我的祖国，看到你阴暗的怀抱中那明朗的地
　　平线？

半明半暗的灯光下，是甜言蜜语的巢穴。

我会看到异国的天空和他人眼睛

我会喝到比柠檬更新鲜的其他泉眼里的水

我会睡在别人的屋檐下，躲避暴风雨。

然而，每年，当春天的朗姆酒点燃了记忆

我会怀念故土，怀念在干涸的草原上从你眼中落下的雨。

（为卡兰姆琴所作）

我陪着你到丰收的村庄，到了黑夜的入口

在你微笑的金色谜题面前，我无言以对。

黄昏短暂地落在你的脸上，引出神圣的奇想。

阳光守护着高高的山顶，我看到你缠腰布上的光辉熄灭了

你的顶峰像太阳一样陷入稻田的阴影中。

当忧虑向我袭来，与生俱来的恐惧比猎豹还要狡猾

——心灵无法将它们抵挡在白昼之外。

那么，黑夜是否会永远存在！会不告而别吗？

我会在黑暗中哭泣，在地球的母性凹陷处哭泣。

我要在眼泪的沉默中安睡

直到你口中的乳白色黎明吻过我的额头。

(为长笛和巴拉丰木琴所作)

但这些失眠的道路，这些子午线的道路和这些漫长的夜路！

漫长的文明，我还没有安抚好白色的睡神。

我懂得他的语言，而我的口音是如此野蛮！我不知道该怎么办！

夜是黑色的，路上的蝎子是夜沙的颜色

乌云笼罩着我的胸膛，那里长满了灌木和老鼠。

现在，我的姐姐微风来了，她来若阿勒看望我

当祖先的古老信息传来，陌生的鸟儿在黄昏的露水中轻声歌唱。

记忆中你的面孔从我的喉咙上延伸，塔甘特的热情帐篷

被你发间蓝色的森林守卫着。

你的微笑贯穿了我这片天空，像一条银河。

你朦胧脸颊上的金色蜜蜂如同星辰

南十字星在你的下巴尖上闪闪发光

巨蟹座在你灵巧的眉心高处闪闪发亮。

我呼喊着无垠的喜悦，它比尼日尔的冬天更能充斥我的心田

我要向红树林中的野兽叫喊——纳尼奥[1]！

我要向坐在海滩的垫子上交谈的未婚夫叫喊——纳尼奥！

---

1. 塞雷尔语 Nânio，意为请听。

我会在蓝黑色的平和下长眠

在宁静的若阿勒长眠

直到黎明天使把我送回你的光芒中

回到你残酷的现实中去，文明啊！

（为卡兰姆琴所作）

我的朋友，如果我的旋律变得黑暗，请不要惊讶

如果我放弃了甜美的芦苇而选择了卡兰姆琴和塔马鼓

稻田的绿色气味换成塔巴拉鼓的隆隆奔跑。

听听老人的威胁，上帝的愤怒炮火声。

啊！也许明天行吟诗人那泣血般的声音将永远沉默。

这就是为什么我的节奏如此紧迫，我的手指在妈妈的卡兰姆琴
　　上流血。

也许明天，我的朋友，我会倒在一个没有人的地方

错过你落日下的眼眸和远方的炮火声中隐约传来的达姆达姆
　　鼓声。

你会在黑暗中怀念那个唱出你黑色美的燃烧着的声音。

（为两支长笛所作）

我给了你一首歌，像鸽子在正午的低语一样甜美

伴随我的卡兰姆四弦琴。

我为你编织了一首歌，而你却没有听到。

我为你献上野花，它的香气像巫师的眼睛那样神秘

它们的光辉有如桑戈玛角[1]的黄昏般丰富。

我把我的野花献给你。你会让它们枯萎吗？

哦，你是个在短暂的游戏中容易分心的人？

（为卡兰姆琴所作）

傍晚时分，我坐在长椅上。

钟表的时间在我面前一字排开，像路上的柱子一般单调。

我从脸颊上感受到你脸上那金色的光芒。

我在哪里看到过那个骄傲的阿姨的肤色？那是在锡内国王萨尔
　　蒙[2]的时候

我祖父的父亲在喷泉的锡器上看到了新娘的脸。

这一天结束的时候是多么的甜蜜！我心中，这是夏天的街道。

长着金色树叶的树木，开着火焰般的花朵

——是春天吗？

妇女的脚步像海滩上的浴客一样轻盈

她们腿上的肌肉是铂金皮肤下的竖琴弦。

---

1. 位于萨卢姆河三角洲入海口的沙嘴。
2. 锡内国王，统治时期为 1871 年—1878 年。

戴着皇家领子的仆人经过，从六点钟的喷泉中取水。

喷气口是高高的棕榈树，风在那里唱着哀歌

街道平静而洁白，一如童年午休的时光。

哦，我的朋友，非洲的颜色，延长这些守望的时间。

那些饥饿的人带走了这些预知的宝藏！

他们的微笑是如此甜蜜！那是我们在蓝色的村庄里跳舞的死者

　　的笑容。

（为利替琴[1]所作）

——我的姐妹，黑夜把手盖在我的眼皮上！

——猜猜这谜的音乐。

——哦！这不是水牛般的蛮兽，没有大象的沉闷的脚步

不是慢吞吞的仆人脚踝上的脚镯的笑声

不是睡梦中仍旧沉重的鼓槌，不是劳作道路上的韵律。

啊！他脚下的巴拉丰木琴和幼鸟的鸣叫声

科拉琴的高弦，和它底部的微妙音乐！

那是白色梅哈里[2]的旋律，是鸵鸟的皇家步态。

---

1. 一种单线古提琴。
2. 一种骆驼，它跑动迅速，北非的骑兵将它作为坐骑。

——你已经认出了夫人，那音乐使我的手将你的眼睑变得如此
　　透明。

——我给阿尔方·德·希戈的女儿取了名。

（为卡兰姆琴所作）

而我们会让朋友沐浴在非洲的气息中。

来自几内亚和刚果的家具，严肃而光洁，黑暗而宁静。

墙上挂着原始和纯正的面具，虽然遥远，却很有存在感！

为世袭的客人，为高地的王子们准备的荣誉凳子。

黄褐色的香水，沉默的厚垫子

阴凉和休闲的坐垫，和平之泉的声音。

古典的话语；远处歌曲交替，像苏丹的缠腰布。

还有友好的灯具，你的善意让这个存在的执着变得平静

黑白和红色！红得像非洲的土壤。

（为卡兰姆琴所作）

你的脸庞来自远古！让我们拿出过往香味的缠腰布。

没有历史的时代的记忆！那是在我们出生之前。

我们从迪奥纽瓦尔[1]回来，我们的思绪停留在波隆[2]上

在那里，赞歌长出翅膀闪闪发光，微弱的回声有丝绸的
质感。

红树林里的野兽欣喜若狂地看着他们经过。

凹陷的海面上的星星是另一种神圣的回声

缓慢悠扬的船桨上流淌着流星。

那个俯瞰响亮深渊的船头面具，如同一尊雕像

你用朦胧的声音唱着恩代萨那！站立的冠军的荣耀。

红树林里的野兽喝着你的液体气息。

我们从迪奥纽瓦尔回来，穿过隐约可见的波隆。

你今天的脸在它的光泽下有了永恒的黑色之美。

（为长笛和巴拉丰木琴所作）

因此，你剥去了火烈鸟粉红的优雅和曼妙女郎的蜿蜒优雅。

你的睫毛在雕像的脸上占据了永恒的位置

但在你的面具周围清晰拂过海鸥的翅膀

而正是这萦绕的微笑，像你面庞上悠扬的主旋律。

高屋建瓴，耐心雕琢的钻石

你的微笑给我带来了谜一样的感觉，比联盟王子们交换的那些
微笑更微妙。

---

1. 萨卢姆河口一岛屿上的塞雷尔村庄。
2. 曼丁戈语 bolong，意为海湾或航道，通常边上有红树林。

我咨询了充满智慧的白人老人。

我请教了科泰巴玛[1]和科学大师们

我咨询了贝宁的占卜师，他们从旅途中归来，他们的肉体是微
　　妙的

我咨询了莫戈-纳巴[2]大祭司。

我在蛇的圣地咨询了马曼热蒂[3]的觉醒者。

他们告诉我他们的沉默、他们的眼睛和耳朵里有令人目眩的
　　黑暗。

啊！我只是忘记了公主！我叩问自己那千疮百孔的心。

你的壁垒如此灵活，却无法抵挡我那颗被压制的诗人的心。

（为长笛和巴拉丰木琴所作）

但要忘记所有这些谎言，像郊区荒地的伤口一样

所有这些背叛，所有这些爆炸和所有这些灵魂的死亡

——这是被摧毁的城市的沉默，远在白俄罗斯的沉默

所有这些希望在我身上变质了——只有一个头发疯长的女孩，
　　向暴力妥协。

---

1. 在塞内加尔习俗中，游走在各村落之间通过猜谜的方式宣扬智慧的人。
2. 布基纳法索莫西族领袖的称呼，意为"世界之王"。
3. 若阿勒附近的海湾。

在这个春天的温柔的甜蜜中，在这个春天的蓝色的甜蜜中

啊！在那里梦见的年轻女孩，就像梦见纯洁的花朵一样

在森林那可怕的绿色中。在原始森林的黑暗中

相信有一双春天的眼睛，有一双光明和惊奇的眼睛

就像清晨的空地，在太阳升起之前。

要相信有一双比手掌更平静的手，比尼奥明卡[1]的摇篮曲更柔
     软的手

柔软的手轻摇我的心，啊，我悲伤而沉眠的手掌。

欢呼吧，光滑纤细，眉毛高过树丛

黑色唇啊，致敬独一无二的信风，在空中歌唱夜晚。

但听到他的声音缓慢而深沉，像青铜色的龙卷风，是那么的
     遥远！

而她的心跳和我的一样，她的节奏是塔巴拉鼓的节奏。

相信有一个年轻的女孩，她在港口等待着我，不错过任何一个
     航班。

盼望着我的脸在手帕的绽放中出现！

在这清甜的春天，相信她正等待着我这个身着黑色丝绸的
     圣女。

---

1. 塞内加尔一个种族，居住在萨卢姆河三角洲的岛屿上。

阴影之歌

（为塔马鼓所作）

我对你的名字并不陌生，萨当[1]和西托尔[2]的白鹭。

它从远方而来，充满了邦特之地[3]的气息

是由独木舟客和长途跋涉的骆驼带出。

你不是一个开放的村庄，被几声鞭炮打得跪倒在地。

当母亲像豺狼一样在滩涂上长吁短叹。

你不是用微不足道的赞美能诱惑的少女

和三个失业的提琴手，一起串起珍珠。

你是那位从远处看到大河骏马踏出血尘的妇女

你是识破蒙面骑手的蓝色诡计的妇女。

我需要海洋民族的所有技艺，我需要大炮的力量。

你是会说话的圣蛇，哦，美丽的谜题

但从科学大师那里，我学会了识破沙土上的象形文字。

你是浪子的天使，是黎明晨光中解决问题的天使

当整夜的迷雾深深地压迫我的痛苦时

你是美丽之门，是恩典的光辉之门

---

1. 塞雷尔人常用女名。

2. 塞雷尔人常用男名。

3. 古埃及贸易记录中的一个王国，生产黄金、黑檀木、乌木和象牙等。

矗立在原始时间的入口处。我以鹅卵石和鸽子为乐。

希涅尔，我将歌唱你的恩典你的美丽。

我从戴翁[1]的大师那里学到了编织悦耳话语的艺术

我用紫色的话语来装饰你，埃利沙的黑公主。

（为爵士乐队所作）

在我们母亲身上的深渊之夜，我们以溺水为乐，你还记得吗？

奶酪商的和平盘旋在她的希望和她的冠军的眉峰上。

从那时起，我就开始寻找梦中的烟雾，我的探索忧虑重重

在南角日出之沙地，在绿色的海洋民族那里

在外海的民族那里。而你梦中的海螺就是我。

是你尼奥明卡，在芒戴[2]提供了一个凳子的荣誉吗？

为我的灰暗的疲惫？他的房子的影子！是不少的。

你的父亲是阿斯基亚人的医生，你的遗产有一千四百卷。

塔尔贝的羽毛歌颂着你的睫毛，羊皮纸的气味染红了你的双手

比指甲花还好，比锑矿[3]还好。是你这个绿眼睛的黑女人吗，

---

1. 若阿勒的另一个称呼。

2. 一个城镇，塞内加尔法蒂克行政区。

3. 原文为 antimoine，桑戈尔在此处用它来指代"接近于黑色的深蓝"。

索扬[1]？

靠着古巴之夜的肩膀，如果我为你的枯萎的头发哭泣！

岛上迷惑众人的伏都教女祭司，请记住那些受害者

女诗人在昂布瓦斯[2]的丁香树的阴影下，眼睛直直的，像匕首
  一样冷。

你经常给我带来蓝调。啊！光的声音和它的血色光环！

王家歌手的透明影子在号角声中哭泣。

我再次遇见你，告诉你我的烦恼，你说："朋友！"

通过你颤抖的声音认出你的兄弟——但早已不是玩捉迷藏的
  时候！

（为两支长笛所作）

疲惫的头颅在这里，沉重的思想在这里。

我在工厂里疲惫的神经变成了咖啡——主啊，这震颤使我的骨
  头受了伤！

疲惫的双腿在五点时穿过茶馆的街道。

我疲惫的母亲的内心，仍然在希望和痛苦之间摇摆不定。

我梦见国家杯决赛那鸦雀无声的一晚。

---

1. 源自斯拉夫的女性人名。
2. 法国中西部城市。

我的头靠在你胸前的沙子上，我的眼睛在你虚无缥缈的眼神里

大海的独木舟客何时才能为我们送来梦寐以求的渔获？

我们的缠腰布是白金的，我们高高在上的亭子是金色的。

看波隆航道之外的两座姐妹城市，活人的紫色城市和死人的蓝
　　色城市。

傍晚时分，我梦见一片失落的土地，那里的国王和死者是我的
　　亲人。

用你的手煽动他们的信风，它们穿过我的头发，高兴地沙沙
　　作响。

哦！他们在高高的棕榈树上或在海鸥的翅膀上唱歌，我一无
　　所知。

让我在你的怀抱中安然入睡，在苹果肉桂的香味中。

我们将喝下月亮的乳汁，它在午夜时分滴落在沙地上。

（为卡兰姆琴所作）

我应该对那些行军或行省回来的同盟国王子说什么呢？

只要生病就够了，就像一个没有金子的孤儿。

我该对那个要唱歌的年轻人说什么

那是新娘选择的诗句吗？我还是没有燕子的消息。

我穿上运动员的紫色马甲

修饰了露水的珍珠，啊，一边嘴角挂着笑意的西尼的冠军

——珍珠点缀着神圣的弯曲的身影

这不重要，重要的是接受了信息，使我成为同行中的同行。

我母亲的口中以玫瑰和天空之名终结了黑夜。

科尔诺迪克[1]的维格洛瓦[2]已经结束囚禁回来了

坟墓来自他漫长的伤口，三十头骆驼来自他智慧的宝藏。

他选择了今年的班级名称：原子弹赋予欧洲的骄傲。

但可以确定的是，他那双大眼睛在我的记忆中升起了雾气

啊！当携带我的故事的信使跺脚时，大地都在颤抖！

（为两支长笛和遥远的达姆达姆鼓所作）

致詹姆斯·伯努瓦

这是一个北非之夜吗？——我把摩加多尔[3]留给铂金女孩。

这是一个马格里布之夜吗？那也是我们的若阿勒之夜

在我们出生前就有的不可言喻的夜晚：你看向我眼中的镜子，

    梳洗打扮。

---

1. 科尔诺迪克是桑戈尔的一处产业，在迪洛尔附近。
2. 维格洛瓦的原文是 Viguelwar，是桑戈尔发明的文字游戏，vicomte（法语子爵）加上 guelowar（塞雷尔语，贵族），此处采用音译。
3. 摩洛哥濒临大西洋的城市和旅游胜地，现名索维拉。

我们在痛苦中，在我们秘密的阴影中

在这期待的苦恼中，你的鼻腔在颤抖。

你还记得那个关于和平的传言吗？从低处的城市传来一波又

    一波

它在我们脚下震动。远处的灯塔向我的右手边召唤

左边，靠近我的心脏，你的目光奇异地停滞了。

啊！它们在冬夜里的突然闪现——我读懂了你的表情

我在你可怕的脸庞上痛饮了许久，如饥似渴，点燃了我的渴求

在我惊讶的内心，在我沉默的内心，我不得不说

那边的阵阵犬吠声，像手榴弹一样炸开。

然后是那金色沙砾的脆响，树叶中令人心悸的拍打。

黑色的守卫从伊甸园的巨神身边经过：那是月下的飞蛾

轻轻地在他们的怀里掂量——他们的幸福对我们来说是一种

    灼烧。

倾听我们的心声，我们能听到它们在法久特那边的跳动

我们能听到大地在胜利的运动员的脚下颤抖。

恋人的声音唱出了恋人的黑暗辉煌。

我们不敢移动颤抖的双手，嘴唇翕动。

如果老鹰突然扑向我们的胸膛，发出狂野的彗星般的叫声！

但水流将我裹挟而走，冲向你双眼礁石可怕的歌声。

　　　　　　　　阴影之歌

我们会有另外的索贝之夜：你会回到这个阴影的长椅上

你会始终如一，你也会不复以往。

这有什么关系呢？通过你的蜕变，我将爱上孔巴·塔姆的脸。

（为长笛和巴拉丰木琴所作）

为什么要乘坐迁徙的船只逃离？我的头是一片腐烂的沼泽

我由此制造一模一样的砖块。为什么要乘着迁徙者的冰雪之翼

    逃亡？

我的爱是一片盐碱地，我的爱是没有咆哮和露水的费尔洛 [1]

——哦！我亲爱的可怕的里普 [2] 和尼翁巴托 [3]，当时我是一只有

    阴暗想法的豹子

我的爱如同被夷为平地的村庄，这个白色的国家，而我只是他

    的使用者。

"你这个" [4] 马埃·科尔已经卖掉了他的步枪和大河骏马

但我不会咽下我的歌声，也不会吞下我鼻孔的呼吸

---

1. 塞内加尔中北部荒漠地区。
2. 萨卢姆河和冈比亚河之间的土地。
3. 冈比亚河附近的区域。
4. 根据研究桑戈尔的专家的解释，二战之初，锡内王国的后裔被殖民政权剥夺了管理行省的权力，欧洲公务员对其直接用"你"称呼，而非敬语"您"。

就像大清查时期的迪永迪永鼓[1]大师一样。

我的避难所就在这张迷茫的脸上，啊，比蓬圭[2]的面具更

　　悠长！

在这块水和盐碱地[3]的土地上，岛屿漂浮在陆地上。

我将在那精致的曲线边缘重建更替的住所

红树林的蓝黑色嘴唇露出神秘的微笑。

我将在蜥蜴平静的梦境中吃草，用超脱世界的眼光向巫师致敬

在你眼光的高度上思考永恒的事物。

除了你的睫毛和卡塔玛戈的糖棕树，我已经能听到西玛尔的

　　研杵

猎狗的吠叫声，迫使伟大梦想披上闪亮长袍。

（为两架巴拉丰木琴所作）

它使我没有喘息的机会，穿过时间的树丛。

它追着我黑色的血穿过人群，来到白夜沉睡的空地上。

我有时在街上转身，看到棕榈树在信风中微笑。

它的声音用轻微的翅膀擦过我的身体，这时我就会说：

"这很好，希涅尔！"我看到太阳在一个金发黑人的蓝眼睛里

---

1. 锡内王朝使用的王家达姆达姆鼓。

2. 桑给巴尔地名。

3. 原文为 tan，也可以写作 tanne，专指热带地区沿海沼泽中的陆地。

　　　　　　　　　　　　　　　　　　　　　　阴影之歌

落下。

在塞夫尔-巴比伦地铁站或巴兰格[1]，琥珀和贡果[2]，她近在咫尺
    的香气在对我说话。

昨天在教堂的"天使之歌"中，她蜡烛般的眼睛闪闪发光

她那古铜色的皮肤。我的上帝！我的上帝！但你为什么把异教
    徒的感受从我身上剥离开来？

我无法歌颂你的平淡，不能不为之心神荡漾。

有时它是一朵云，一只蝴蝶，几滴雨落在我一成不变的窗口。

它让我没有喘息的机会，穿过时间的广阔空间。

它追寻着我黑色的血液，来到黑夜的孤寂之心。

（为长笛和巴拉丰木琴所作）

这漫长的旅程，我的索贝！这缓慢的亲吻，苦乐参半！

我每天都憎恨海鸥的翅膀！

每天我对海鸥遥远的翅膀恨得更深一点

我一天比一天更痛恨蓝色新娘的东方面孔。

这清晰的旅程，我的索贝！在车站充满希望的黑夜里热吻

那甜蜜的撕心裂肺，那离站时的长啸声

---

1. 一个自治的政治实体，但萨卢姆王国对其有政治影响力。
2. 塞内加尔女性使用的麝香。

白色的站点出发，就像一个人在梦中跌倒

——昨晚六点，基督诞生了

伴随着皮革和毛皮的黄褐色气味，银色号角的笑声

和低沉的痛苦喘息声——基督在昨晚六点诞生了。

这缓慢的甘露之月来到了我们童年的领域

这个没有黑夜的明亮的夏天，这个新郎和新娘的永恒之吻

谁会这么说？我们要不要去贝尔博格，那里的人以冰为食？

或者去穆索罗 [1]，你还记得吗，那里的孔雀热烈地开屏？

那里的女人有四肘尺高，她们的乳房在阳光下成熟。

她们缓慢的双腿像克里特人一样在云层下出现又消失。

这么多次不告而别，我的索贝！我只看到你的缺席

在黑色的脸庞上。我的眼泪轻轻地落入大海。

（为单簧管与巴拉丰木琴所作）

他们会不会在未来的透明灯光下唱起《情人》？

他们会不会在单簧管的声音中，唱出昨天的恋人的夜来香？

口中美丽的菱角是什么，要做一根褪色的枝条啊，绿色的雨！

如果基督不在白色的春天里复活？我讨厌初熟果实的舞蹈

---

1. 乍得的城镇。

阴影之歌

如果我不把你劫持上我的马背，把你的醉意攥在我的心里
置身于尖叫声和染血的子弹以及飞刀的嘶鸣中。

我将打破所有的血缘关系，我将打造一个爱的战士
守护无尽的夜晚。你的声音比温暖的巢穴更亲密
你如面包般丰满的唇抚慰我像黑蛇一样嘶叫的胸膛。
我将打破欧洲所有的纽带，在沙质的大腿上写满诗篇。

帐幕门上歌唱着名字，我还在乎什么？
天堂对我来说将空空如也，而你的缺席正是爱人的诅咒。

觉醒者之歌

献给阿里温·迪奥普[1]

受过割礼的人的软帽给受过割礼的人！

受过割礼的人的长袍给受过割礼的人！

沃洛夫语诗歌

（为三支长笛所作）

踏上迁徙路线的朝圣之旅，前往祖先的源头。

乌木的长笛，光亮而光滑，刺破我记忆的迷雾

笛子啊！迷雾，布满了她的睡梦，印在她熟睡的脸上。

哦，歌唱基本的光，歌唱昭然的沉默

日出升起的象牙锣鼓，照亮我黑暗的记忆

照亮延绵的山峦，照亮它悠长的曲线和它的脸颊。

我坐在雪松树的宁静下，在牧群和黄褐色蜂蜜的香气之中。

阳光从她的微笑中迸射而出！露水照耀着她唇边的靛蓝草地。

蜂鸟在天空飞舞，花朵在空中盘旋，她的语言带着不可言喻的

　　优雅

翠鸟跳进她的眼睛里，闪烁着与生俱来的蓝色的喜悦

---

1. 阿利翁·迪奥普（1910—1980），塞内加尔政治家，《非洲存在报》创始人。

穿过流淌的稻田，她的睫毛在透明的空气中有节奏地沙沙作响

我聆听着，哦！这令人愉快的时刻，声音不断升腾，直达铺陈
　　的白色天幕。

在正午的阴影中，羊群的声音很快消失了，鸽子的咕咕声也按
　　下了静音。

而我必须动身去追求我纯粹激情。

（为两只小号和哥隆鼓 [1] 所作）

哦，号角声，来拯救我吧！我迷失在头发的森林中

迷失在黑色的涂料之下，而象牙白在黑泥中耐心地成熟。

我在棘皮动物的脚印上滑行，在充满谜团的黏腻的桥上
　　滑行。

如何解开藤蔓狡猾的死结，如何安抚嘶鸣的蛇？

又传来了哀鸣般的呼唤，回应的只有凄惨的汽笛声

如同夜里被割喉的孩子，还有红猴的四散逃离。

蝇鸣和沙沙声勾起了我的痛苦，我汗流浃背，冷得发抖。

然而，空地上清脆的歌声回应了我，安抚了我，引导了我

是记忆中的花香，我沐浴在欢快的叫声中。

她绿金的肤色比铜还柔和，她绽放的灵魂无比平和

在阳光和信风中，棕榈树群战胜了原生的恐惧，

---

1. 低音短款的达姆达姆鼓。

哦，辨不清方向的古老森林，请听朝圣者清澈嘹亮的歌声。

（为两架巴拉丰木琴和哥隆鼓所作）

穿越深处的腐烂沼泽，是草原般的自由

我像黑色的草原，死亡之火准备迎接重生

那是感官和精神的重生。而后，白金色的沙子在阳光之下

消耗了我的欲望，置身纯粹的震颤和热烈的空间。

在我自满的耳畔唱起绿洲的幻景

而干涸的迷雾的诱惑困扰着我，想要压迫我的信仰。

啊！让连绵的钟声响起！让觉醒者的鼓声隆隆地响起！

受了割礼的我将通过考验：无数光明的火焰升起

通往圣所路上的蜡烛，指引我步入坦途

哈马丹风带着树胶的芬芳，再次为我引路。

（为三种达姆达姆鼓所作：哥隆鼓、塔姆巴特鼓和姆巴拉赫鼓）

垂直的祭坛在这漆黑的夜里探出花岗岩般坚硬的额头，

它眉毛的线条，像是沙丘凉爽的阴影。

朝圣者的双眼经历了斋戒、灰烬和守夜的洗濯

太阳升起的时候，在最高的山峰上，出现了红狮的头颅

显现出超乎现实的威严。

杀手啊！多么恐怖！我屈服了，败下阵来。

我没有羚羊的角，我只有满是空虚的号角

阴影之歌

能够完整地放下整个褡裢。啊！你用闪电不断击打着我

——那些咆哮难以言喻地温和！那些利爪带来无法阻挡的快乐

愿我突然死去，在美好的觉醒里重生！

沉默，在阴影上沉默……无声的达姆达姆鼓……节奏缓慢的鼓

    声……沉重的鼓声……黑人的鼓声。

（为两只小号和一架巴拉丰木琴所作）

她奔逃而去，穿过平坦的白色土地，我耐心地瞄准她

在令人晕眩的欲望中。她莫不是把灌木丛当作游戏

爱上了荆棘和灌木丛。我要给她戴上时间的枷锁

嗅着她阴影斑驳的侧脸旁柔软的喘息声

在蒙昧的正午，我要扭折她那玻璃做的手臂。

羚羊欢快的叫声使我陶醉，新酿的棕榈酒

我要开怀畅饮，直到野兽般的血液重新流回我的心脏

从她口中流出乳汁般的血，带着湿润的泥土气息。

我难道不是蒂亚戈耶[1]的儿子？而我更像是饥饿的狮子。

（为巴拉丰木琴和两只小号所作）

听听，我腹内的黑色荆棘丛发出了混账的犬吠声。

---

1. 桑戈尔父亲的名字，蒂亚戈耶原文为 Dyogoye，在塞雷尔语中意为"狮子"。

我那蜡黄的看门狗般贪得无厌的嘴脸在哪里？我只有那把好步
　　枪，它被神圣的血液束缚着。
我对你们吹起口哨，发出魅惑人的叫声，我的双臂和双腿低级
　　且下流
而我在蒙马特酒馆的水井里，迷失了本心。

听听，我腹内的黑色荆棘丛发出了混账的犬吠声。
我的血必须被拴在长长的朱砂狗绳的一端
我是人类之子，雄师之子，在山间沟壑咆哮
他用哈马丹风雄浑的嗓音点燃了周边一百个村庄。

我将跃过山丘，让草原的风恐惧
我藐视河海，它们将纯洁的躯体溺毙在痛苦的浅滩中。
然而，我要重新爬上沙丘柔软的腹部，和白天闪闪发光的双腿
一直走到黑暗的峡谷，在那里杀死梦中的斑纹小鹿。

阴影之歌

数首哀歌

子夜的哀歌

灿烂的夏天，你用光的乳汁滋养诗人

我像春天的麦苗一样成长，我曾经是如水般的绿色，为黄金时
　　代的绿水而沉醉

啊！我再也不能忍受你的光芒，华美的灯光，瓦解了我整个生
　　命的原子光芒

我再也不能承受子夜的光芒。荣誉的光辉就像撒哈拉沙漠

一个虚无的空洞，没有沙粒，没有硕石，没有青草，没有睫毛
　　的扑闪，没有心脏的搏动。

二十四小时不过是二十四小时的流逝，睁得大大的眼睛，就像
　　克洛阿雷克神父 [1]

他被若阿勒的异教徒，蛇的信徒钉上了石头做的十字架。

我的眼中有一座葡萄牙的灯塔，照亮了二十四小时中那二十四
　　小时的流逝

像一架精密的仪器，不断运转，直到时间的尽头。

---

1. 克洛阿雷克神父（1894—1944），二战期间法国抵抗运动成员。

我从床上一跃而起，如同受到诱惑的豹子，突如其来的风阻塞
　　了我的喉咙。

——啊，多希望我能倒在粪土和血泊中，倒在虚无之中。

我在书海中遨游，它们用深邃的目光注视着我。

六千盏灯被点燃，照亮了二十四小时中二十四小时的流逝。

我静静地伫立，无与伦比的清醒

我有英俊的相貌，像百米短跑的选手，像毛里塔尼亚发情的黑
　　色骏马。

我的血液中流淌着精液的河流，去浇灌拜占庭的平原

还有那些山冈，光裸的山冈。

我是情人，是火车头，我的活塞加满了油。

她的嘴唇如草莓般甜蜜，她的身体如石头般结实，她的私处如
　　蜜桃般甜美

她的身体，是向黑皮肤的播种者敞开的深沉的沃土。

灵魂聚在下腹萌动，在欲望的子宫里萌芽

阳具是坐落在各条道路中心的一座塔台，交换着闪现的信息。

我再也无法在爱乐中，在诗歌般神圣的节奏中找到安宁。

主啊，我必须用所有的力量反抗绝望

——匕首的甜蜜亦如悔恨，整个儿插进了我的心脏。

我不一定会就此死去

哪怕这就是地狱，无眠之夜，诗人的沙漠

　　　　　　　　　　　　　　　　阴影之歌

活着的痛苦，未死的死亡。

黑暗的苦恼，对死亡和光明的留恋

如同夜晚风暴灯上的飞蛾，扑向发出腐臭味的原始森林。

光明与黑暗的天主

你主宰宇宙，让我在若阿勒的树荫下歇息

愿我在童年的王国里重生，点燃梦想

愿我成为牧羊少女的伴侣，在死神出没的迪洛尔海滩上徘徊

愿我在特宁-恩迪亚蕾和提娅古姆-恩迪亚蕾的圈子里以舞蹈赢
　　　得热烈的掌声

愿我像竞技者一样，在亡灵敲击的鼓点中起舞。

这只是祈祷。你知道我那农民的耐心。

和平终会来临，黎明的天使终会到来，珍奇的鸟儿会带来
　　　歌声

黎明的曙光将要来临。

我将在滋养了诗人的死亡之眠中入睡

——哦，你把睡眠之疾传给了新生儿，诗歌的玛罗娜还有正义
　　　的科泰巴玛！

我将在黎明时分入睡，怀里搂着我的红粉佳人

我的佳人有金绿的双眸，舌尖妙语连珠

出口成诗。

割礼的哀歌

童年的夜晚，悲伤的夜晚，令人揪心的夜晚，月亮啊！

夜啊，我曾多少次呼唤着你，在路旁哭泣

我的人生是否到了痛苦的边缘？多么孤独！周围全是沙丘。

这是童年的最后一个夜晚，黑漆漆宛如沥青一般的夜。在狮子
　　的怒吼下，恐惧弯下了腰压弯了高高的草丛，这狡猾而沉
　　默的夜。

枝头的火焰是你的希望之火！对太阳苍白的记忆捍卫了我的
　　纯真

我必须要死。我用手卡住脖子，就像纯洁的少女在死亡的恐惧
　　中颤抖。

我得死于甜美的歌声——所有的一切都在死亡线上飘移。请看
　　鸽子啼叫声中的黄昏，当棕褐色的鸽子忧伤咕哝的时候

梦中有海鸥飞翔，发出了凄美的叫声。

让我们死后在编织的花环中手挽手跳舞

不要让衣裳禁锢我们的脚步，而是让新娘的礼物闪耀，云层下
　　的闪电。

达姆达姆鼓声阵阵，噢！神圣的寂静。让我们跳舞，歌声鞭挞
　　着血液

节奏赶走了束缚人们的焦虑。生命让死亡远离。

让我们在痛苦的合唱中起舞，让性的夜晚在我们的无知中升
　　起，在我们的纯真中升起。

啊！让童年死去，让诗歌的句法瓦解，让所有没有意义的词语
　　都溃散。

只需要节奏的重量，无需水泥般的话语在岩石上建造明天的
　　城市。

让太阳从黑暗的汪洋中升起

鲜血！波浪是黎明的色彩。

然而，上帝啊，我曾无数次感叹——多少次？——在清朗的童
　　年的夜晚。

正午是灵魂释放的时刻，那时他们以任何形式摆脱肉体的束缚

就像冬日阳光下欧洲的树木。

在那里，骨头是抽象的，它们只能通过六分仪的罗盘来计算。

生命就像沙子从指间溜走一样，雪的结晶禁锢了水的生命。

水蛇从芦苇的手中徒然滑落。

亲爱的夜晚，友好的夜晚，童年的夜晚，在树林中的棕榈树之间

如此悸动的夜晚，那么多双睫毛浓郁的眼睑，那么多的呼吸声

生机勃发的寂静，我在中年时曾多少次为你叹息？

诗歌在正午的阳光下消逝，在傍晚的露水中觅食

在成熟果实的香味下，树叶的脉搏敲出达姆达姆鼓的节奏。

伟大的觉醒者，我知道我需要你的知识来确定事物的数量

知晓我关于父辈和庙宇的职责

准确地测量我负责的领域，分配收获而不忘记一个工人或一个
　　孤儿。

这歌声的魅力不仅限于此，它让我的牛群长出毛茸茸的头。

这首诗是鸟与蛇，在黎明时分光与影的结合

凤凰腾飞！它张开翅膀，在话语的屠戮中歌唱。

哀悼之歌

献给温贝托·路易斯·巴拉奥纳·德莱莫斯

我听着内心深处朦胧的颂歌。

那是古老的声音，是从时间深处升起的一滴葡萄牙之血吗？

我的名字是从它的源头而起吗？

血滴还是桑戈尔，或者是一个船长曾经给一个勇敢的黑人水手
　　起的绰号？

我发现了我的血缘，我发现了我的名字，有一年在科英布拉[1]，
　　在书的血缘图谱之中。

这个世界被严格而神秘的字符所封印，哦，绿色森林的夜晚，

---

1. 葡萄牙城市。

罕见的海滩的黎明！

我喝下了——白色的墙壁和橄榄树的山丘——一个充满冒险、
　　狂爱和旋风的世界。

啊！喝下所有的河流：尼日尔河、刚果河和赞比西河、亚马孙
　　河和恒河

一口气喝下所有的海洋，没有连词和重音

还有所有的梦，吞下所有的书，所有的金子，所有的科英布拉
　　的奇迹。

为了铭记，只是为了铭记……

摩尔的赶驼人，在此为你树立榜样

——这是追求荣誉的时代

勇士，与我一样具有勇气。

对付你的奸诈诡计，我报以笔直的长矛

——它带着闪电般致命的毒药

对付你的狡猾，我一击必中。

我不记得是船长还是黑人水手，我重新树立起堡垒般的力量

他们的服从比他们的墙壁更坚硬。我讨厌混乱。

我的任务是放牧羊群

完成复仇，让沙漠臣服于生育之神。

那是在荣誉的世纪。

战斗是美丽的，血是红润的，恐惧是不存在的。

在沙丘的阴影下，我唱着我荣耀逝去的哀歌。

某一天拉各斯 [1] 像其他拉各斯一样面朝大海。

不只有一条河而是有一千条河，不只有一个潟湖而是有一千个
　　潟湖

四面一片汪洋。

没有红树林：大洪水中的森林，在第三天爬行动物涌动的泥
　　浆上

在号角鸟中，猴子用它们的锼钹一般的叫声，唤醒致命的气味

还有一些，像双簧管一样优美。

第六天统治着美好的生活。

数以百万计的男人像食蚁兽一样，燃烧着欲望的足迹，而女人
　　躺着身子

沉醉于播种的痉挛之中，迷醉于棕榈酒的香气。

我懂得部落的信号。

爱：在何等的欣喜中死亡！死亡：在闪电中重生。

昔日的爱，我的爱之哀歌 [2]

---

1. 尼日利亚海港及最大城市。
2. 原文为葡萄牙语 saudade，意为哀愁、思乡，也指一种音乐类型，可译为
怨曲。考虑到这组诗歌统称哀歌，此处也沿用哀歌一词。

在伊默里纳[1]王国巨大的、红色的虚空中的爱之哀歌。

啊，我分不清了，我混淆了现在和过去。

一个纪念东道之主的晚宴，一个欢迎高原统治者的晚宴

在明烛中，如丝绸般的头发，如天鹅绒般活泼的声音，如黄金
　　般琥珀般的手臂

当管弦乐队悠长的乐声响起

和着周围的唱诗班。你有没有听过这些统治者的歌曲，它们唱
　　出了死亡的世界

在那里，激情是纯粹的，爱情是不存在的，内心是令人眩晕的
　　深渊吗？

死去吧，死去吧，带着摧毁一切的抱怨死去

哦！在漫长的抱怨中死去，突然沉入心底。

什么都没有了，除了伊默里纳王国巨大的、红色的虚空，什么
　　都没有了。

远处的山峰在流血，就像灌木丛的火焰。

迷失在太平洋中，我接近快乐岛

——我的心还在徘徊，大海无边无际。

鲨鱼有大天使一样纯白的翅膀，蛇透露出狂喜，而岩石……

一些女人是女人，一些女人是水果，她们没有内核：芝麻一样

---

1. 也称马达加斯加王国，由居住在该岛中部伊默里纳高原上的梅里纳人
建立。

的女人。

夜里，那些长发与花朵都化作了觉醒者的语言。

我戴着珊瑚的项链，把它献给了四朵花。

——我没有去爱的自由，你必须在明天黎明时分回来。

——我的花冠是对我俊俏的蜜蜂王子开放的，我亲爱的兄弟。
让蝴蝶放弃吧。

——你的武器是徒劳的，我的兄弟——战士是多么可笑啊！

——我死而复生，如我所愿。我的爱是个奇迹。它在时间和空
间上都很遥远，大海很平静。

我不会提及功绩或者对两处印第安王国的征伐。

在神圣的河流的源头，经历了怎样的冒险！

而我对魔法没有兴趣，爱才是我的奇迹。

我的葡萄牙血统消失在我的黑人之海中。

阿马利娅-罗德里格斯[1]，用你低沉的声音唱吧，唱出我为旧爱
而唱的哀歌

河流中如森林般的风帆，海洋中的阳光沙滩

还有那些为了徒劳无益的事情而经历的打击和流过的血。

我在内心深处倾听着哀歌发出忧郁的控诉。

---

1. 阿马利娅-罗德里格斯（1920—1999），葡萄牙语怨曲（也称作法朵）女歌手。

水的哀歌

夏天是你，你是夏天，是童年王国的夏天

曙光照进清晨的伊甸园，正午时分的骄阳，如同飞翔的雄鹰。

在这静谧的夏天，在上帝嫉妒的目光下，你是那样怒容满面。

你主宰我们的命运，深深镌刻在这个世纪的刻度盘上。

骄傲的城市被闪电的毒箭刺穿，横亘在绝望的天空之下

呜咽着，河流不再有源头和资源。

没有一杯醉人的酒！透明的露天茶座里也没有一杯水

然而，只有水才能填满对纯真的渴求！

开火！开火！让芝加哥的城墙燃烧，开火！开火！让蛾摩拉的
　　城墙燃烧

向莫斯科开火。上帝对不信神明、不颂《圣经》的民族一视同仁，

——哦，白雪，爱斯基摩人的甘露，龙卷风那清凉的手抚过纯
　　洁的森林的额头。

西方和东方那些远方的人民都躺在沙地上，如同被竞技者击倒
　　的石船的船头。

那是被摩西的胡须和法杖打倒在地的埃及法老。

主啊，请眷顾那十个正直的人吧，请可怜中国，童年时代，我
　　曾多少次为她祈祷

善待自己吧，你的圣言如花般绽放，你用花环装点五月的来
　　临，点缀高尚的喉头。

我祈求你，第三日之水

淙淙的源泉水，纯净的高山之水，白雪！激流之水，瀑布之水

正义而慈悲之水，我以有节奏的无言的呼喊来呼唤你

大河之水、壮阔的大海之水、汹涌的大海之水。

还有太阳和月亮，你们以相互对立又相互统一的运动，主宰着

　　大地之水

我为洗刷罪孽的净化之水高歌。

愿黑夜逐渐消逝，愿死亡如晨曦中的钻石般光辉灿烂地重获新生，

如同受了割礼的人，当夜的面纱被拂去，男人像太阳般站起来了！

还有你，污秽之水，希望你在我的正名之下变成纯净之水

——这首诗使所有充满节奏的事物澄澈透明。

瘴气和污泥之水，伟大的城市之水，你们冲走了多少痛苦多少

　　欢乐多少希望啊！多少破灭的美梦

水啊，流吧，流吧，流去大海里。

用无尽之水、悔恨之水去冲淡海水里的盐分吧。

主啊，你把我培养成语言大师

我，一个富商之子，生来就灰头土脸，如此弱不禁风

我的母亲叫我"无耻"，我如此冒犯白昼的美。

你用偏爱的公正态度，给了我驾驭语言的力量

主啊，请倾听我的呼喊。下雨吧！天下雨了

你用你雷电般的手臂降下了宽恕的倾盆大雨。

雨落在纽约，落在恩迪翁戈洛[1]，落在恩迪亚拉哈尔[2]。

雨落在莫斯科和蓬皮杜，落在巴黎的市郊，落在墨尔本，落在
　　莫西拿，落在莫尔济讷

雨落在印度和中国——淹死了四十万中国人，救活了
　　一千二百万中国人，好人和坏人都有

雨落在撒哈拉和中西部，落在沙漠里，落在麦地里，落在稻田里
落在戴草帽的头上，落在戴绒帽的头上。

于是，生命复苏了，呈现出本身的色彩。

悼念艾尼纳·法尔[3]

多声部戏剧诗

I

（哥隆鼓演奏：葬礼的节奏）

领唱

蔚蓝的天空下，是多么可怕的平静！当神灵的影子经过时，没

---

1. 曼丁戈征服者建立的古都之一。
2. 位于圣路易东南面的村庄。
3. 非洲铁道工会领袖。——原注

有一丝气息如此的纯净。

一场突如其来的飓风席卷了这个季节，降下了它的血尘。

雷声带着短暂的叫声咆哮着，坠落！闪电击中了孔巴-贝蒂。

电报站因压力而痛苦地摇晃

远处的灌木丛中燃起了险恶的火焰。

女声合唱

尼纳！

噢！尼纳！噢！

尼纳！

男声合唱

法尔！法尔！法尔！

女声合唱

他修长得像一棵树

他黑得像奥西里斯之神

他像暮色中的鸽子低声歌唱时一样柔和

他像母亲一样善良

他像金路易那样美。

男声合唱

他直得像一棵树

他黑得像焦黑的岩石

他对人民的敌人像狮子一样可怕

他像父亲一样优秀，有宽阔的脊背

像出鞘的剑那样美。

领唱

（停止演奏哥隆鼓，开始领唱）

那是在捷斯市，有一年。豺狼聚集在鬣狗周边，有领头人，还
　　有长着大眼的温柔羚羊。

他去了那儿。当鬣狗见到他时，它们开始傻笑，摇晃着卡约尔
　　和巴奥勒的所有猴面包树的根部。他就在那里，双臂交叉，
　　嘴唇平静。他没有一丝皱纹的额头让他们感到羞愧。他古
　　铜色的胸膛让他们羡慕不已，他的存在就像一块巨石，当
　　这事发生的时候，人们都关注着它。他天庭下方那双阳光
　　般的眼睛让他们垂下了目光。他的存在让他们感到痛苦。

鬣狗扑向了他，将獠牙插进他的背部。豺狼吠叫着。鲜血从他
　　深深的伤口中淌出，浇灌着非洲的土地。他像费尔洛的狮
　　子，一跃而出，用他闪电般的眼睛，抵挡了对手。

而他没有仇恨的内心已经被击中——而不是他的怀抱。

女声合唱

尼纳！尼纳！尼纳！

男声合唱

法尔！法尔！法尔！

女声合唱

法尔！今晚在树荫下，我们该对母亲说什么？

现在谁来保护我们绿色的峡谷？谁来守护我们的金星？

免受所有恶人的伤害？我们的秘密要向谁诉说？

你是我们的星辰，法尔！

男声合唱

蛇夫座从左边升起，我们没有看到白色的信息。

我们应该告诉我们的父亲和兄弟什么消息？

谁来领导同志们？谁来完成使命？

回应我们的疑问吧，法尔！天色渐晚，夜色中充满了敌意的
　　呐喊。

这已不再像过去的夜晚，迷途的旅人能透过星辰获得引导。

女声合唱

我们要为哪位冠军、哪位竞技者、哪位骑手歌唱？

我们的诗为谁而唱？谁的声音将从此掀起鼓声的韵律？

赞美和史诗又为谁而作？

男声合唱

穿过东门

谁来领导对强者的进攻？

谁来领导对金钱堡垒的攻势？

领唱

（停止演奏哥隆鼓，开始领唱）

矮小的聋子的脑袋，盲目的脑袋，就像北方的强盗，自以为聪
　　　明，却什么都不懂！你什么时候才能读懂这些标志呢？

看到夹竹桃在灰烬上生长。十一月的大火过后，羚羊般的草
　　　又长出来了，无比鲜嫩。他不断地流血，肥沃了非洲的土
　　　地，他赎回了我们的过错，他为黑人的团结献出了生命。

艾尼纳·法尔已经死了，艾尼纳·法尔在我们当中活着。

II

（为两面迪永迪永鼓而作：王室的节奏）

女声合唱

尼纳！尼纳！尼纳！噢，尼纳！

男声合唱

法尔！我们呼唤你的名字！

领唱

是的，我们将从征服者那里夺取他们的武器，就像我们一直做
　　的那样

我们将把它们牢牢握在手中，我们将把它们变成绚丽的标志：

"钢轮上的绿色金星。"

欣赏车头和高大的腿，如此柔韧而精细，如同大河骏马。

它连接着圣路易到巴马科，阿比让到瓦加杜古

尼亚美到科托努，拉密堡到杜阿拉，达喀尔到布拉柴维尔。

这是我们的印章，也是我们命运之轮的标志。

受过割礼的人将在入教仪式上跳起它。

我们的声音将使它成为金色，我们的鼓声将变成星星。

女声合唱

我们已经为你哭了整月

为你唱出反叛者的激动。

男声合唱

我们曾为你守望了整月

在有着长长的橄榄形活塞的火车头上。

女声合唱

是的，我们一整个月都在赞美你的力量

我们的父亲为你洗身，用琥珀和香料涂抹你的身体
我们的母亲给你穿上了珍贵的衣服。

领唱

如今你在机车上驰骋，是战士中的先锋

佳音的宣布者……

男声合唱

同志们的王子……

女声合唱

最美的最有黑人个性的骑手……

领唱

现在你已经到达……

女声合唱

塞内加尔大地上严丝合缝的岩石……

男声合唱

非洲人民那完美无缺的岩石……

合唱

在这里我们都在一起，就像手的十根手指。

女声合唱

尼纳！尼纳！尼纳！噢，尼纳！

男声合唱

法尔！

遗失的诗歌

不眠之夜

黑夜里

怒吼声响起,

黑夜

让人饱受折磨,无法入睡,

战士们躺在理想的温床心焦如焚。

我在黄沙般变化莫测的问题里窒息,

迷失在金色的绵绵不断的砂砾中,

开满鲜花的幻影,绽放在绿洲的宫殿。

我从痛苦的熔炉中淬炼而出,

我闻到肉体烧焦的味道,像烤得半熟的羚羊,

我听到肺在东风的炙烤中怒吼。

幸而有仙女找到了解决之道,

在黎明的晨光中,

让我喝下她那果实累累的葫芦里的水

擦干我额头上由噩梦而生的汗水

让我睡在罗望子树[1]的脚畔

在海风的爱抚和吹拂下

沐浴宁静的晨光。

---

1. 原文为沃洛夫语 Dakhar。

觉醒

在夏空光滑的缠腰布下，
太阳揉乱了
童年时代绿色的天鹅绒布。
冰雹和暴风雨
释放了那些"野蛮的队伍"的愤怒。
平原上，寂静在叹息
鸣蝉吸饱了血，萎靡不振
化解了我的失败。
让昨日肉体和精神的痛苦都沉睡吧！

你的眼如黎明般纯净，
散发着秋天的气息，
唤醒我复兴的理想，
在你眉睫的旗帜下，
我想被嫩草般的晨笛声抚慰，
在长眠中迎来无比残酷的觉醒！

阴影之歌

致金发的黑人姑娘

而后，你在柔和的晨曦中走来，
用你的双眸装饰着绿色的草地
散落着黄金和秋叶。
你把我的头
握在你精致的仙女般的手中，
你吻了我的额头
我躺在你的肩头

我的朋友，我的朋友，哦，我的朋友！

图赖讷的春天

而我
比情妇还虚伪，我认得你，
图赖讷的春天。

你只是个苍白的年轻姑娘
有双蓝色珐琅般的眼眸，
有双白色牛奶般的手腕。

你无法反抗我的扭拧
无法抵挡潮水中的小小刀片
它流过我的血管，带走了堤坝、畜群和村庄。

图赖讷的春天，
我是个野蛮人，
是个暴徒。

图赖讷的春天，
让我安睡吧。
不要招惹黑人。

阴影之歌

蓝调

今天，
彷徨和孤寂
侵袭了我，
我落荒而逃。

我敞开心扉
空洞的语言
在我阴郁的脑海里穿梭
一页又一页，
它们穿过空白的街道
没有归宿。

我挚爱的灵魂啊，请你歇息在长沙发上
停下脚步吧，
落地生根。
对了，停下！

致一位安的列斯少女

你的手从锁链下弹出，

你体态轻盈有风度

你的腰身越发纤细，越发自信。

阳光打破了沉闷的红色，

阳光，汗流如注，凝聚了时时刻刻，

每天十五个小时，把你钉在地上，

使你的心充满了汁液

为未来的觉醒而奋斗。

我俯瞰你的双眼

睁大的眼睛如同阴暗的宫殿，我看到了

过去格洛瓦胜利的自豪。

依旧是你

我在黑暗中感到一种存在
像是苏凯娜[1]记忆中的气息
在我赤裸的脖子上。就是它
我整个哀鸣的身体都记住了，
我的血液，成了同谋，非我所愿，低声细语
在我的血管。

还是你，图赖讷的春天。
你钻进花园，像个小偷——
我关上门，我记起来——
你悄悄地让你低回的甜言蜜语
钻进我紧闭的窗户缝隙
一共三层，还有窗帘和不透明的百叶窗。

图赖讷的春天，你诚实吗！
你不知道你想要什么，你欲迎还拒
比巴黎人更反复无常。

---

1. 源自阿拉伯的女性人名。

他们说纯情少女和小鸟

已被卷入其中，并生下了

温柔的蛋。

广场上的树木

让它们的花蕾在空中飞舞

没有领子却戴着手套。

鸟鸣声升起

在原始的黎明中完成洗礼

绿草那纯粹的气味不断升腾，四月！

四月的汁液在我的血管里歌唱，

激情的独木舟在激流中舞蹈，

纤细的黑人女郎释放热情，

浅色的长袍是舞动的火焰，

河流中的骑兵在全速奔跑。

格里奥啊！

用你的塔马鼓声为他们伴奏

用你们那暴风般的声音为他们伴奏！

阴影之歌

忧郁

我想排解你的忧郁，我的爱人，
让它平息，
为你轻吟浅唱着蓝调一成不变的旋律
让它沉睡。

这是一首令人伤感的蓝调，
一首经典怀旧的蓝调，
一首冷漠淡然的蓝调
伴着舒缓的节奏。

还有那双与众不同的纯粹的眼眸，
在黄昏时分司空见惯的悲伤。
疏朗的草原在月光下啜泣，
在我心里谱出一曲旋律悠长的独奏。

这是一首令人伤感的蓝调，
一首经典怀旧的蓝调，
一首冷漠淡然的蓝调
伴着舒缓的节奏。

诀别

我离开了
穿过露水铺成的小路
太阳在欢唱。

我离开了
远离停滞不前的日子
摆脱枷锁的束缚，
从我的口中
吐出丑陋的什物。

我离开了
踏上异国的旅程，
轻装上阵，一丝不挂，
没有棍子或袋子，
没有目标。

我离开了
永远
不想归来。

阴影之歌

卖掉所有的羊群，

却不肯出卖牧羊人。

我离开了

去了蓝色的国度，

到更宽广的国家，

向着被龙卷风折磨过的激情之国，

去往肥沃多汁的国家。

我永远离开了、

没有想过要回来。

卖掉了所有的珠宝。

遗失的诗歌

军团

成群结队的黄色翅膀已经落在
我身上，密密麻麻，
密密麻麻的阵势。

蝗虫的军团
毁坏了我这异教徒
幸福的花园

魔法的迷雾
施展露水，让花园重新绽放花朵
糖棕树之火
横扫而过，吞噬一切。

偶然的旋律
在傍晚时分狂野地合唱
从我童年的泉眼涌出
又哗啦啦落下。

有时一个想法，我爱的女儿

阴影之歌

浇灌给我一些新鲜的水滴。

我脚踏干燥的季节，鸣叫

面向醉人的冬季泛滥的河流。

时间

这是时间的丧钟

在汗水中，

这是时间的丧钟，

缓慢

顽强

且无情。

它是女巫画的圆圈

在我的房间里，在凉爽中尖叫。

这是女巫画的圆圈

转化成恐惧，

转化成痛苦，

转化成死亡。

所有这些女巫的家具

摇晃着它们火热的头发

伸出它们的舌头！

这是匕首的竞赛，它们互相推搡

互相咒骂。快把南边的窗户

向温柔的晴朗的夜晚打开！

我走了，在凌乱的草地上徘徊的火焰，

在叫声中饮下爱的瀑布的泡沫，

攀上悠扬的树木，

跃上慵懒的屋顶

被月亮和星星所爱，走向

宁静的清澈的不可捉摸的天空。

啊！让我们淹没在池塘里吧！

哈莱姆的骚乱

一天早上，

我从漫长且寂静的沉眠中醒来，

天际传来了爵士乐的悠扬声。

他们欢欣鼓舞，

揭开了他们腐败世界的创伤。

我在天鹅绒和细丝下

看到了它们的卑劣。

我想吞下我的唾液，

但我不能。

我的头是沸腾的酒精锅炉，

经历漫长的几个世纪的忍耐

建起了一座变革的工厂。

我要对抗，尖叫，鲜血，

死亡！

信赖

不，我没有打碎我的金花瓶。

你的眼睛仍然像新酿的棕榈酒一样狂热。

大地没有品尝到我的爱恋。

糖棕树上，有黎明时分的哨兵，

舟楫和斑鸠

每日呼唤着美酒。

白天已经吞噬了夜晚，

旱季喝下了尼日尔河和冈比亚河

成群的猛烈的吻

早已围困了我强大的廷巴克图。

但你的香水仍旧新鲜，在黎明时分

打破了唯一的香水瓶。

心醉神迷中，我完成奉献

在清澈的泉水中洗净之后。

我会来的

我会来的，我挺拔的主人，

我一定会来的，

在漫长的等待中狂热地颤抖

很快又会因幸福而麻木。

我会来的，我的朋友，

我一定会来的，

我看到了你的手势，我看到了你的眼睛。

我深深地将自己

淹没在你的爱抚之下。

我会来的，我的爱人，

我会来的。

我将触摸你强壮的手，瘦弱的手

你沉重的眼皮，

我将成为你暴力之下的猎物。

我会来的，我的萨迪奥，

我会来的

阴影之歌

你的爱对我来说是如此的亲密，如此的绵密，

我感觉到它在我身上像一把掷出的刀一样锋利，

又与我的自我混合在一起，

与我的血脉混合在一起。

遗忘

我已经忘记了这些机械似的主题，
忘记了十五年间背诵的教义。
忘记了昨天发馊的油水。

草原的海洋在等待着我，
绿色的海洋，带着露水的味道，
孩子的亲吻盛放的海洋，
召唤着我
跳入草地
回荡着响亮的笑声。

我的身体
新的嘴巴张开的地方
过滤着新鲜的空气，
声音、颜色和气味，
所有异教徒的享乐
远离了昨日书本上的辛劳。

奉献

我给与你爱的奉献
春天来了。

它是红色的，像祭坛
是献给祖先的祭品！
笔直如糖棕树的树干，
纯洁如菖蒲的黄金。

我单膝下跪，
为你献上爱的礼物。

遗憾

纪念苏凯娜

羚羊的优雅姿态

在即将消逝的黄昏中

融化在山谷中。

琥珀色线条的闪光

在我心中未曾改变，

我的心中流淌着无尽的遗憾。

我那未曾实现的梦想的芬芳

热带灿烂的天空，

让我在未来的日子里眼花缭乱。

朋友，你用这种方式平息了什么忧伤？

告诉我，你用吞噬之火焚烧了什么？

你是否已投身冰冷的河流

痛苦的河流？

为了你，我愿意付出这许多，

你比黄昏更美丽。

阴影之歌

富拉族美人

啊！谁会将我归还
萨利玛塔·迪亚洛双峰那颤动的弓，
她亲切的腰肢
和她那纤细丰满的臀？……

室内

我们将沐浴在非洲的气息中，

来自廷巴克图柔软、闪亮的地毯，

摩尔人的坐垫，

黄褐色的香水，

来自几内亚和刚果的家具，

黑暗又沉重。

垫子厚实又安静，

墙上挂着原始而纯粹的面具，

原始而坚硬。

还有那亲切的灯，你的柔情

将软化这份执着！

黑色、黄褐色和红色，哦！红色像非洲的大地。

致黑人少女

你让月光般的友谊

从我肩上滑落。

你朝我温柔地笑，

清晨的海滩，出现白色的卵石。

你的橄榄色皮肤充斥着我的记忆

在阳光与大地交融的地方。

你悠扬的脚步

还有你那塞内加尔人的宝石般的细腻，

还有你那傲慢的金字塔般的威严。

公主！

你的眼睛唱出了怀念之歌

纪念掩埋在黄沙之下的马里的辉煌。

当我走过

当我从枫丹街走过，

一首朴素的爵士乐曲

踉踉跄跄地飘了出去，

它被这一天弄得晕头转向，

向我低声诉说它的诚意。

当我谨慎地走过

古巴人的小屋

一股强烈的黑人气息

如影随形。

某些夜晚

多日的难以入眠。

重新唤醒了我自认为已经凋零的视野。

我突然跳下床来，像一头水牛

高昂的头颅和分叉的双腿，

像一头水牛，在风中嗅着

打磨过的笛子荡漾的甜味，

达喀尔的水那美好的味道

还有稻田那一边更丰硕的收获，

收成满满。

怀念

白色的水珠，

缓慢的水滴，

鲜奶的水滴，

沿着电报线闪闪发光。

沿着漫长单调的灰色日子。

你要去哪里？

你要去哪里？

去往哪个天堂？我说：天堂，

我童年的第一份清明，

再也找不回来。

迷失的列车

这是一列迷失在黑夜中的火车
被深渊里的鲨鱼嫉妒地注视着。

音讯

这是小夜灯亮起的时刻，

你的存在为昏昏欲睡的夜灯添上了光环。

在纸张的白色平面上

我的手在寻找你那梦境般的手。

亲爱的，我们的旅程倏忽即逝

又无声无息。那闻所未闻的睫毛

投向你那广阔黑夜般的眼睛！

地平线上，有多少丝巾铺展开来！

我是否还能再看到那座流血的城市

延绵不绝的呜咽声还会从尖塔升起吗？

春天

云朵伸长，长得不真实，
在黑色的枝桠之间纠缠。
整个冬天在我的窗前，它要走了
远处山脊上的光跳着舞。

那只从未见过的鸟！
我喜欢春天。
我的眼睛亮了，我的嘴张开了，
我的身体……

气候温和，天气晴朗。
周围的世界很安静，像在温柔乡里。
哦！片刻，只是片刻的平静之后，痛苦席卷而来，
如同多西听到孩子在早晨的啼哭声也潸然泪下。

在这个世界上，我只看到一个蓝色的方框
有着闪亮的黑色条纹。
树枝向太阳伸展它们的花蕾，
张开嘴唇，献上亲吻。

阴影之歌

我只听到陌生朋友的歌声，

棋子迈着单调的步伐

而我的爱

在春天的寂静中生长。

遗失的诗歌

五月的忧伤

这是一个融化了甜蜜的清朗夜晚

在五月五点左右。

玫瑰花的香味升起。

就像水底的硬币摇曳不定

让我每天一下一下细数。

谁知道这是仇恨的呐喊？

少年的脸上写着反抗的语言。

他灰尘蒙面，汗流浃背，激情四射，气喘吁吁。

痛苦的信封和猴面包树的风景，

在蔚蓝背景的映衬下源源不断。

还有很多的知心话。

我要摆正肩膀，

给下拉的嘴角以微笑的勇气

没有一个孩子的笑声像一束竹子一样迸发出来。

没有一个年轻女人的新鲜皮肤是既柔软又温暖。

没有一本书能陪伴夜晚的孤独，

连一本书也没有！！

关于法语诗歌的对话

这一关于法语诗歌的对话起意于阿兰·博斯凯（Alain Bosquet）[1]。我曾经邀请他来达喀尔，就他提出的"诗歌的世界之都"这一话题对谈。他谈到了我的诗歌，我也抓住机会，给他看了我的《哀歌》的手稿。回到巴黎之后，他对我这一诗作表示赞美，写了题为《致一位诗人的信——致那片大陆》的文章——就是我们在这部集子里将要读到的这篇——他还替他的两位朋友，皮埃尔·埃马纽埃尔（Pierre Emmanuel）[2]和让-克洛德·雷纳尔（Jean-Claude Renard）[3]要了两册诗集。这两位朋友，也都分别给了我回应，让-克洛德·雷纳尔给我寄了这部集子里的另一篇文章，题为《我的黑人性是手上的一把瓦刀》，而皮埃尔·埃马纽埃尔则写了一首非常美的诗，我们在这部集子也能读到。

我应该对我的朋友们有所回应。我以信的方式来完成这一回应。

我于是把这四篇文章奉献给我的读者。这四篇文章不仅仅是就《哀歌》做出了阐释，最关键的是对法语诗歌有所澄清，在二十世纪，法语诗歌在五个大陆，在不同的文明中，在普天下的维度中形成、昭告天下、绽放。

---

1. 阿兰·博斯凯（1919—1998），法国诗人、小说家、评论家，出生于乌克兰。
2. 皮埃尔·埃马纽埃尔（1916—1984），法国诗人，法兰西学术院院士。
3. 让-克洛德·雷纳尔（1922—2002），法国诗人。

因为我谈论的是法语诗歌，因为尽管我们已经对"黑人革命"有所评论，但它至今仍然不为我们所理解，尤其是不为我们所感知，所以我之后的回应才会那么长。

桑戈尔

I 致一位诗人的信
致那片大陆

在将近四分之一个世纪的时间里，我是作为一个**西方人**读您的诗，也许，我隐隐有一种希望，希望能够借助您，让自己变得不那么**西方**。并非因为我那么轻易就会感到内疚：西方，在我眼里，既有这样一种很容易遭到谴责的意识，也拥有持久的美德。在这个西方的诗歌中——比如说，从文艺复兴时期开始——有一种经常让我感到尴尬的东西：在其中我看到一种不容置辩的选择，仿佛必须把人当作强者来对待，凌驾于自然之上，自然注定是要服从他，或是取悦他。诗歌的语言也是一样，无论是歌德，普希金，是惠特曼还是莱奥帕尔迪[1]，笔下都有一种事先的谋划在：要么是大脑先于词语的布局，要么它跟在词语之后，在词语中安置理性。

对于诗歌的这种惯习，我只能求助于两种方法。第一种摆脱困境的办法在于安排一些小的抒情对象，就好像是一种礼遇证书；在这方面中国和日本为我提供了很好的范例。贝壳或其他小巧玲珑的东西，这些小作品总是能让我相信自己多么脆弱；在言说与拒绝言说之间，仅仅是寻求平衡在我看来远远不够。远东的做法并没有让我感到心荡神驰；而是让我感觉自己变得渺小。但是有时候我也会在各个时期的印度诗歌中寻求一种西方式自命不凡的解毒药。自广岛之后，真相几不可见，倘

---

1. 莱奥帕尔迪（1798—1837），19世纪意大利浪漫主义诗人。

若我们还在渴求真相，除了通过虚无，通过沉睡在我们每个人内心深处的抽象来衡量自身，还有别的可能吗，这就好像是为了宣告我们即将来到的消失？

　　因此，通过您的诗歌，我学习到了"黑人性"。读您的诗，就像是读克洛代尔，桑德拉斯，或是圣-琼·佩斯的感受，有雄辩之风，但又充满了博爱之情。我发现了我还未能感受到的一种颤栗，一种能够席卷其硬核和表皮的词汇，一种和我习惯的气氛并不相符的精神。由于您用我的语言写作，对您的忧虑与激情，我便能毫无阻碍地感同身受。您的"重三金塔尔[1]的象牙权杖"，您的"蚂蚁策略"，您的"罗望子树上的晨露"不仅仅是异国情调或者温暖的魔力；它已经慢慢地成为我个人拥有的视野，这种感觉真是幸福。团结，一方面来自您慷慨激昂的演说，但另一方面也是在您不知道的情况下达成的，就好像对于一个知道自己声誉卓著，并且能够通过一种难以解释的、特有的悬浮来让自己拥有这种声誉的诗人来说，本该如此。您迫使我——这真是太迷人了——将灵魂与肉体微微分离开来，这样就能够将您的灵魂灌注进来；这一种诗人之间的"圣餐变体"[2]并不是通过宗教仪式来完成的：诗歌本身的清醒已是足够。

　　然而，几个月前，您邀请我去喀尔。于是我们之间发生了一点鲜少发生的什么，然而您并不因此就不再是您的国家的第一个公民，我也不会因此摘下过于文明同时又万分脆弱之人

---

1. 见《阴影之歌》中《愿科拉琴和巴拉丰木琴为我伴奏》第6首。
2. 原意是指圣餐中的面包和酒变成耶稣的身体和血。

的领带。我们那天说了很多吗？我们是否说了过于坦率的话？在您的土地上看到您，周围都是您的同胞，我突然在您的话语和平常的动作之间感受到了一种音调，这种音调不仅仅是人类的音调，也是树木和鸟儿的音调。在所谓美好的西方，我总觉得，声音以及发声的器官，是与赋予它们生命的身体分开的，思想与作为思想温床与坟墓的脑袋也是分开的。然而在那里，在佛得角的海岸边，却是如同奇迹一般的协调。

在皮金[1]的街道上，从颈部的动脉，从跃动的脚踝，从挺起的胸膛，从旋转的脚跟都可以看出老人的两面性。音节并不是从呼吸道里突然出现、获取生命的。当卡亚尔[2]的渔民带着庄严和优雅把鲷鱼放在比雪更白上三分的沙滩上，他们用双手，用眉间的神情，用腰部和双膝的动作来进行其实并不必要的祈祷。吕菲斯克[3]贫民窟的小物品，尽管散发着空茫和废弃的味道，也如同小昆虫一般，轻轻地爬过词语。在若阿勒，为了方便在像纯种马一般的椰子树间穿梭，少年们在信风下写下了一行行话语。戈雷岛[4]如同九重葛花一般笑盈盈的姑娘们，她们的臀部不也是一种虚拟式未完成时吗，就像布弗莱的天气一般？我感觉在您那里，人赋予语言一种血肉的节奏，语言也有了脊柱，有平滑的肌肤，如同语言与解剖学之间进行了嫁接。

我还要再补充一点，就是与大自然的一致，大自然在西

---

1. 塞内加尔城镇，归属达喀尔管辖。

2. 塞内加尔沿海城镇，距离达喀尔约 60 公里。

3. 塞内加尔西部城镇，距离达喀尔 16 公里。

4. 由隆起的玄武岩形成的山丘，濒临塞内加尔海岸，面向达喀尔，位于塞内加尔佛得角半岛正南，是欧洲人在西非最早开拓的殖民点之一。

方已经成为人类精神需求之外的景观。我和秃鹫聊了很长时间——对它而言倒是没有什么，但是对我而言，能说出来却需要全新的勇气——非常认真，秃鹫是蓝天的巡视员，栖息在干枯的树枝上，它监督着有关清白与死亡的仪式，从而保证仪式中能有一种没有任何阻碍的和谐。我尤其喜欢和猴面包树说话，这是造物主创造的唯一痛苦的树，树干如同大橡皮一般，伸展着蟒蛇一般的双臂，而它的冲力却终结在微不足道的断裂之中。这树，这生命是来自荷尔德林，来自陀思妥耶夫斯基，来自卡夫卡：我想说的是，我能够把记忆之中千万种骚动，意识之中千万种悲剧和千万种面对蚁穴、面对灵魂的拷问与面对十字架时的恐惧放诸它的身上。您看看，您的诗歌和您的旅行的结合给我带来了什么样的变化啊！

因此——或许我的思想过于笛卡儿式了——您的诗歌给我带来的是整个非洲，这是诗歌在西方、印度和远东之后的第四片大陆，它是那么独特，和几个世纪之前就已经进入我们认知的其他诗歌不同，以另外的方式来理解这个世界。而这一逐渐适应的过程是在法语中发生的，这就证明了任何重要的东西最终都不会丧失。您帮助我们在我们的语言里理解你们，理解非洲和您，这让我们感到非常荣幸。而要表达感谢之情，这封信或许是无效的：需要的是"通过主动脉拨打的电话"。

阿兰·博斯凯

　　　　　　　　　　阴影之歌

II 我的黑人性是手上的一把瓦刀

"作为语言大师的我，"列奥波尔德·塞达尔·桑戈尔写道，"我的任务是唤醒有着璀璨未来的人民 / 我的快乐是创造能够滋养人民的意象，哦，神圣话语的节奏之光！"瞧，我觉得，诗歌的本质和功能在他笔下得到了定义：这是一位伟大诗人的**声音**，他懂得如何能够创建一种完全符合他的身份的语言，一个浸淫在若干种文化中的，讲法语的非洲人的身份——他的语言是一种能够将不同的，给予他灵感的诗歌流派结合在一起的、原创而独特的语言。因此，这是一种将话语、歌唱和音乐融为一体的语言（就像大多数首先是懂得倾听的黑人诗人一样），模拟的意象会在"节奏的作用下"突然出现——"时间和空间"建立了一种"有益的距离，那就是格律本身，是管风琴的节拍"。更为关键的是，桑戈尔去除了"所有不必要的词语"，代之以一种咒语，哪怕咒语因为来自法语的抽象术语才得到丰富，但它首先撼动了"宇宙的力量"，因此让诗歌近乎具有魔力，使"所有充满节奏的东西都变得透明"。

于是我们能够理解，对于桑戈尔来说，诗人不仅仅是"舞蹈者"，而是用"异翅目昆虫的绿油"涂抹了眼睛，"让视野变得更为深邃"，品尝"加入了枣粉的酸牛奶 / 作为一种冥想的食物"，他也是"那些隐秘之事的叙述者"，是"撕裂表象"的发起者，"猜度谜之音乐"，"追求纯粹的激情"，致力于追寻"真理的鲜奶"以及"意义和精神的复—兴"，致力于"对美的揭示"。

这里没有任何的偶然性。相反，我们应该从中读到一首诗中确定的呼吸，这首诗的内在"如同森林如此湛蓝的黑暗，原型的形象在这里诞生"，就好像洞穴一般，隐藏着"话语的秘密"，"形式之真在这里渐渐成熟"；这里是现实和超现实的交融之地，它们在这里绽放生命，得到诠释。应该在这里看到一种"大声的讲述"，一种"命名"，能够产生出某种根本的东西，如此触动人心，因此能够搬动、能够转化所触到的一切。

这就导致人们（就像很早以前那样，不过某些民族或者某些人今天也依然如此）在某些时刻，会把诗人看成是魔术师，巫师或者神父，或许是不对的，但又或许有其道理："……必须点亮精神之灯／让木头不再腐朽，肉体不再霉烂。"总之（众多诗人，如布莱克、荷尔德林、雨果，他们都相信这一点），一个"通灵者"是与神圣的秘密相连的，所以一个"祭司"有责任通过欢庆的仪式或者词语炼金术向他人"展示"这些秘密。

但是在桑戈尔看来，写诗也是一种**生活的方式**，一种**让生活充满活力的方式**："对于你来说，只有这首反抗死亡的诗。"因为诗人想要像自己的话语一样，成为人与物"彼此辨识的符号"。他想要成为"也要求忠诚的，流淌着忠实的血液"的人。我认为他首先是，而且一直是一个非洲人，拒绝自己成为一个缺乏血性的人，"就像一个被同化的人，一个所谓的文明人"，甚至他对基督的信仰也不同于神父们对基督的信仰。这就是为什么，在我看来，他的诗歌体现了这种"高贵，歌唱祖先、王子和诸神的高贵"，真正倾听来自"非洲深处的脉搏跳动"的高贵；用变得"抒情"的嘴巴表达出"非洲过去和未来的""鲜活的声音"的高贵；成为非洲的"心脏"和"节奏"的高贵，成为"解放"的"号角"的高贵。因此，列奥波尔德·塞达尔·桑戈尔完全（就像埃梅·塞泽尔一样）可以宣称自己是"黑人的使者"，是"站立起来的黑人性"的使者。但是他的伟大之处也在于他始终是一个**博爱**之人。"如果没有这一点，所有的话都是空话"——一个苦苦追寻创立一个新社会的人，在这个社会里，"白人和黑人都是来自同一个地球母亲的子孙"，他们"在喜悦的信风中"，一起学习歌唱"世界的纯真"，舞出"凌驾于一切力量之上的力量"的韵律："那就是得到授权的正义，亦即**美**与**善**"。

让-克洛德·雷纳尔

III　致列奥波尔德·塞达尔·桑戈尔

列奥波尔德·塞达尔·桑戈尔！

我要歌唱这位诗歌的预言者

这三重的浪潮，这辉煌的舞台，逃离到沉默与金灿灿的远方！

七个音节点缀了人类的命运，

七个元音赋予声音以节拍！

从孩子的第一口呼吸开始

便有了这庄严伟大的句子

但愿歌吟，以及岁月广阔的思想

能够支撑。

你没有撒谎，这是你真实的名字。

它在你的上方盘桓，它的羽翼远比

你所能知晓得要更加广阔。

他们的正午时分，你的思想并不是

在你的王国之上清晰可见

但愿它的阴影是最为广阔，最为持久的

但在你隐藏的深渊之中，

是古老记忆的黑洞

是通过你拥有的，我们的记忆。

你，非洲之子

不为我们所知的灵魂帝国的

世袭继承人，

如同恋人选择他心爱的人一般

——而这也是收养一位母亲——

你成了另一种黑暗另一种光的

儿子与爱人

希腊的和努米底亚的地中海。

从所有这些血肉相连的语言到你的语言

从内在的浪潮到词语的海洋

你创造了你独特的话语

就像是最初的日子。

这乌木般的法语散发着如此弯曲的味道

踩着光彩夺目的铙钹的节奏，

你的名字在整个空间中伸展

你为我们创造了一个复数的国度，因为

盘桓在你内心的苍鹰发现了它

早在人类伟大梦想的模型

被锻造出来之前，

这是通过你，重新调整与镶嵌的

古老的六边形法国 [1] 横跨三大洲的家园

---

1. 法国在地图上的形状呈六边形，因此经常用"六边形"来指称法国。

鸟儿弯曲着翅膀，在它三重的瞳孔之中
是你的名字，从达喀尔到拜占庭。

皮埃尔·埃马纽埃尔

IV 致六边形法国的三位诗人

亲爱的诗人，亲爱的朋友：

给你们回信，事实上只是对于 1975 年 10 月 3 日，由皮埃尔·埃马纽埃尔和爱德华·莫尼克——一位法国人，一位是毛里求斯人——共同发起的关于法语诗人的对话的延续。他们谦虚地将这次研讨会称作是"法语诗人的相遇"。你们一定还记得，我在研讨会上发表了题为"黑人对于法语诗歌的贡献"的演讲。今天，我不仅想要以黑人的名义，还想要以"法语的"身份发言。我想要谈一谈共生关系的问题，这是我们基于我们的差异，试图一起建立的一种关系。

*

在谈论我们最重要的共同点之前，我们先来谈一谈差异吧。出身、民族和文化的差异。

你们是欧洲白人，而我是非洲黑人；你们是法国人，我是塞内加尔人。瞧，开始时先要谈谈这些泾渭分明的差异。但是我注意到，你们三位都是混血的欧洲人，而我的身体里则流淌着三个民族的血液。我将要像在非洲一样，以长子身份，为你们一一命名。您，皮埃尔·埃马纽埃尔，您的父亲是多菲内[1]人，您的母亲是贝亚恩[2]人；阿兰·博斯凯，您在俄罗斯出

---

1. 法国旧省名。

2. 法国旧省名。

生，您的父亲来自俄罗斯，您的母亲是法国人；而您，让-克洛德·雷纳尔，您的父亲是里昂人——我说的是里昂大区，而您的母亲是普罗旺斯人。我的出身也很复杂。我仍然扎根于塞雷尔[1]文化之中，我的父亲是塞雷尔人，祖上来自马林凯族[2]，他的一个姓氏——或许血管里还有一滴血——属于葡萄牙，而我的母亲是塞雷尔人，祖上是富拉族。

我必须对你们承认，这种作为我们共同特征的生物上的混血并没有使我感到不快，尽管我年轻的时候还试图对此有所隐瞒。就像戴高乐将军说过，而历史学家和生物学家予以肯定的一样，"未来属于混血"。

至于其他的相同之处，文化上的，最先让我感到震惊的一点，是我们共同的阅读，或者说，我们开始写作时受到的主要影响。当然，在我童年时代的村庄，迪洛尔（Djilôl，我采用的是新的官方拼法）和若阿勒（Joal）也有流行的女诗人，我的"美惠三女神"。只是，如果说她们是我十岁之前的第一批听众，她们却不是我最初阅读的作家。我最初阅读的作家——这是一种说法——我曾经和你们三人分享过。参考一下你们的阅读书目，我最初阅读的有雨果、波德莱尔、兰波、马拉美、瓦雷里、克洛代尔、圣-琼·佩斯。都是在形式上非常讲究，而在想象上非常自由，甚至有些疯狂的诗人。

在深入探讨 20 世纪后四分之一个世界的问题之前，我要先谈谈阿尔杜尔·兰波带给法语诗歌的革命，当然，还有之前

---

1. 塞雷尔人，也译成萨雷尔人，是塞内加尔的一个民族。
2. 非洲西岸的一个民族，现在主要分布在几内亚、马里等非洲国家。

我们谈论不多的夏尔·波德莱尔。但是，这一革命却是经过了伟大的雨果的铺垫才得以实现的。我说"伟大"，是因为我在预备班学习的时候，很流行称呼他为"雨果老爹"，而且说起他的时候一定要面带微笑。"伟大"，因为他是美妙的语言和话语的大师，在法国，他是第一个倡导"总体诗歌"（poésie totale）的：诗歌既是思想，也是世界观；既是词语，也是行动，是一种神圣的职业。

因此，在复兴法语诗歌传统话语的高蹈派之后，夏尔·波德莱尔登场了。他是第一个歌唱"黑人维纳斯"的诗人，他让法语诗歌进入了"应和"和"象征"的黑色森林，而阿尔杜尔·兰波随后便燃爆了清醒的谵妄之弹。

说起"黑人艺术"对于巴黎学派的影响，埃马纽埃尔·贝尔勒[1]曾提到过"黑人革命"。我总是在想，这场革命远比人们说的要深远。巴黎学派的画家和雕塑家更把它看成是一种美学，而在美的规则之外，它同时还表达了一种形而上的理念，我想说的是一种本体论，一种伦理学。这就是我在欧维莱尔[2]没解释清楚，想在这里进一步解释的问题。

因此，在他的《法语诗歌导论》中，梯也里·穆尔尼埃[3]写道："诗人需要一种材料，他可以将它带到高热的状态，让它经历全面的诗化，而为了这一转化，材料本身需要在事先摆脱所有粗粝的杂质。"的确，自文艺复兴开始，到16与17世

---

1. 埃马纽埃尔·贝尔勒（1892—1976），法国诗人、随笔作家、批评家。
2. 位于法国香槟大区，有香槟小镇之称。
3. 梯也里·穆尔尼埃，原名雅克·塔拉格朗（Jacques Taragrand），法国右翼知识分子。

纪，法国的文学与艺术，尤其是诗歌，不仅接受、消化了这些"材料"，就像穆尔尼埃所强调的那样，而且还接受、消化了其他文明的价值。最初是欧洲的贡献，即地中海岸，日耳曼和斯拉夫民族带来的贡献，然后是亚洲带来的贡献，包括伊朗的阿拉伯人、印度、中国和日本，而现在，则是黑非洲的贡献。在欧维莱尔，为了展现这一命题，并且以黑人为例，我曾经说，如果说所有这些新的诗歌"冲撞"了法语这位年长的女士，却不曾虐待她。新诗歌将自己特有的，并非总是异国情调的新词汇，疯狂的意象以及切分的节奏带入了法语的特性之中，在诗歌上，法语的特性与其说是体现在它的逻辑性、精确性和明晰性，还不如说是体现于其表达方法的经济性之中。黑人性运动并不排斥后者，正如我们的构造艺术所证明的那样。

我想先谈谈黑人的价值观，以及其他文明的价值观，这是梯也里·穆尔尼埃所忽视的，我想谈谈这些价值观是如何被法国现代诗歌吸收的：在节奏上，但首先体现在波德莱尔所说的"应和"和"象征"上。

我想重新再谈一谈兰波在《地狱一季》里的这些话，这些话往往是从欧洲的，法国的角度来加以阐释的：过于知识分子思维。"我是头野兽，是给黑人，"诗人写道，"但我有可能得到拯救。你们都是**假的黑人……我创造了元音的颜色！**……我通过**本能的节奏**，调整了每一个**辅音**的形状与律动，我为自己创造的诗歌语言感到自豪，总有一天，它会成为所有感官都能够接受的语言。"我在此对重要的词语加以强调，强调要从"黑非洲"的视角对这几行文字进行新的解读。

我们可以从"象征"的传统定义开始，来解释兰波这句

　　　　　　　　　　　　　　　　阴影之歌

话，后来的符号学修订了"象征"的意义，但是并没有完全改变它。这个词来源于希腊语中的 sumbolon 一词，是表示承认的符号，表达的是将事物的两个部分整合在一起时的观念。我所谓的"观念"，指的是两个实体之间的关系。根据《罗伯特词典》的释义，象征指的是某种"客体或者自然现象，通过其形式或本质，能够让人将'自然'观念和……某种抽象的或不在场的东西联系起来"。这一从欧洲思维出发的，建立在推论理性基础之上的阐释有一个弊端，就是将符号过于简单化了，只是为我们呈现了一些等式：具体＝抽象，能指＝所指。正如我在欧维莱尔所指出的一样，黑人的符号，或者更确切地说，是"具有模拟性质的意象"，说到底和欧洲当代诗歌的意象一样，都是复杂的、模糊的、多义的。

在回到这个话题之前，我们可以先来看看什么是神秘生活中的黑非洲象征主义。我在这里参考的是阿拉萨纳·恩多教授的论文《非洲思想》，特别是第一章里题为"非洲思想和神秘生活"的那一段。

诚如我们所知道的，黑非洲的神秘生活包含好几个层面，好几种祭礼，绵延一生。不同的缘由究其根本，都在于将尘世生活融入宇宙洪荒之中，从而做到人神合一。它们不仅教我们懂得大地与世界、造物与造物主之间的关系，也教会了我们将彼此互相融入的技巧。而本质化技术的主要工具，就是殿堂，还有包含着各种仪式的启动庆典：话语、动作、舞蹈、歌唱、诗歌等等。

正如阿拉萨纳·恩多所写的一般，"神秘生活就像是象征主义的实践"。被接纳进这种文化的人所受到的最初教育就是

"既要能够通过理智抓住象征符号的内涵，又要通过直觉抓住意义，这也就意味着对于人—宇宙的关系本质有一种总体的，但同时又是个体的，直觉性的把握"。这一象征主义的实践也出现于祭礼的场所，于寺庙中，这一建筑本身就体现了大地-宇宙、人-神、男-女之间的关系。就像是庆典仪式一般：在动作、舞蹈、歌唱和诗歌之中。最终体现在祭礼的语言之中，祭礼的语言与日常语言不同，它的风格是由一系列的类比意象组成，同样是模糊的、多义的。

没有什么比我度假村办公室里的一个黑人面具能够更好地证明这一点，这是一个月牛神的面具，象征的是繁衍，由黑色、红色和浅黄色三种颜色绘制而成。但是，在这一传统的面具上，额头和鼻子的位置上雕有突出的豹子、犀鸟，还有我也说不出名字的另一种动物。犀鸟的确一直代表的是繁衍。只是豹子和另一种动物呢？看上去，我们所面对的象征意义应该更加丰富。一会儿我们在谈论神话的时候再回到这个话题上。

在谈到黑非洲的神秘时，我们还必须指出，它的象征意义不仅仅是知识的目标，还是实践的目标：不仅仅是通过庆典仪式，通过话语、诗歌、歌曲、手势和面具舞蹈，更重要的是通过那些身处黑人文化之中的人的生活：他们在自己的思想中，当然更是在身体与灵魂之中，通过自身的变化，通过将自身变为一个神灵——或者，更确切地应该是说，将自身变为神——从而来践行这种象征主义。

如果我们通过一些例子来给出黑人象征主义——在美洲、亚洲和大洋洲都可以找到这类的例子——的定义，或许兰波的话是最具有原初意义的。在《地狱一季》中，他宣称自己是一个"黑人",这与当年那个时代极不相符,但他恰恰有意识地影射了"黑人性"中的主要价值,亦即"本能",实际上指的就是黑人的直觉,是黑人具有象征意义的想象力。这正是诸如"元音的颜色""每一个辅音的形状与律动""本能的节奏""触及所有感官的事宜的动词"等等表达所暗示的。他提示我们,黑人那光彩夺目的象征主义中,所有感觉——声音、气味、口感、触感、形状、颜色、律动——之间都有着某种神秘的对应关系,就此产生出可以类比的意象。还不仅如此。兰波没有将思想与行动,精神与灵魂,灵魂与肉体分开来。诗人的目标是"在灵魂和肉体中拥有真理"。又一次,就像是身处黑人文化之中的人一样,将自身变为神。这种灵魂与肉体的共生,这种词语与血肉之间的结合,阿兰·博斯凯在他的塞内加尔之行中看得很清楚,也深切地感受到了。他写道:"我感觉在您那里,人赋予语言一种血肉的节奏,语言也有了脊柱,有平滑的肌肤,如同语言与解剖学之间进行了嫁接。"

所有的这一切,我亲爱的朋友们,归结到 20 世纪法语诗歌的问题上来——你们的诗歌和我的诗歌一样——表现的都是我们生命的本质。我说,你们的诗歌,甚至是你们的生命,都已经,也将要与"黑人革命"紧密相连。因为"黑人革命"不仅颠覆了巴黎学派或是各种造型艺术的美学,更是颠覆了音乐、舞蹈,甚至 20 世纪的世界行走和笑的方式,就像保罗·莫朗[1]在谈及美洲时所强调的那样,直至颠覆了哲学,完全是本体论意义上的。那么,诗歌呢?

比起"黑人革命",我更习惯于使用 1889 年革命,因为

---

1. 保罗·莫朗(1888—1976),法国作家,1968 年入选法兰西学术院院士。

我想到了《意识的直接材料》[1]，这是巴黎学派的艺术家们同化黑人艺术的理论基础。我记得，在圣日耳曼街区的那间公寓里，毕加索送我到门口，他对我说："我们应该继续做野蛮人。"作家，尤其是诗人又反过来受到了艺术家的影响。除此之外，还需要提及巴黎民族志研究所的教授们，那些异国文明伟大的探索者，例如社会学家马塞尔·莫斯[2]，语言学家马塞尔·科恩[3]，还有人类学家保罗·里维[4]，他极富创造性地通过血液发现了五个大陆的黑人共有的精神。

当然，在法国，20世纪的艺术家、文学家没有像我一样遵循这些大师的教诲，因为对于他们来说，这些大师还是太年轻了。但他们都在尽情呼吸1889年革命的空气。真相在于，这些先驱，这些革命者本身，转身告别了"愚蠢的19世纪"，科学主义、现实主义，甚至告别了异国情调之后，在直觉和想象的源头处遇到了黑人。我应该更加深入一些：他们只需要回溯到历史的源头，回溯到史前时代，就可以重新激活祖先留下的记忆，在那个时候，凯尔特人，最初抵达西欧的印欧人和黑人混合在一起，他们共同继承了后来被称为"黑色圣母"的象征繁衍的雕像。因此在某些方面，凯尔特艺术与黑人艺术颇为相像：例如象征性的抽象，还有节奏。也正因为这一点，在

1.《意识的直接材料》(*Essai sur les données immédiates de la conscience*)，法国哲学家柏格森（Henri Bergson，1859—1941）著，1899年出版。

2. 马塞尔·莫斯（1872—1950），法国人类学家、社会学家、民族学家。

3. 马塞尔·科恩（1884—1974），法国语言学家，主要研究领域是闪米特语，是法国埃塞俄比亚语的重要专家。

4. 保罗·里维（1876—1958），法国人类学家。

阴影之歌

1930 年代，我们称克洛代尔和贝玑为"我们的黑人诗人"。他们和超现实主义诗人一样，对我们产生了深刻影响——虽然这影响并不像我们说的那样大——因为他们用法语写作，他们的风格和我们的民间诗人非常相像。至于圣-琼·佩斯，就像有位来自安的列斯群岛的哲学教授所指出的那样，他的诗歌风格就是安的列斯群岛的说话方式。

现在，我试图展示一下，我们是如何在大致相同的时期，从不同的源头出发，构想——即便我不用"构造"这个词——出同样的诗学，尤其是同样的，却又形式各异的法语诗歌。

我首先要强调一个事实，对于我们当中的每一个人来说，诗歌不仅仅是一种职业，更是我们的主要活动：是我们生命之生命，如果没有诗歌，我们的生命就不成其为生命。在"今天的诗人"这一系列中，有一本是阿兰·博斯凯所作的皮埃尔·埃马纽埃尔研究，在引言里，后者坦言道："我真正的领域是诗歌。诗歌，以及关于诗歌的思考。"就像是对此做出的回应，阿兰·博斯凯在为夏尔·勒昆特尔克[1]对自己诗歌的研究所作的序言中也写道："诗歌，在所有其他事物之前，只有诗歌，没有其他，超乎其他。我情愿为它而死。"对于同一问题，让-克洛德·雷纳尔也在"引子"中影射到了他对于诗歌创作的态度："很可能诗人就只能谈论一件事情，那就是他的洞穴，他的迷宫中的唯一秘密，让他魂牵梦萦，震慑他的唯一秘密。最终将他……一直带至沉默的中心，是在那里，开启了唯一重要的话语：人之所以为人的话语。"而对于我来说，有

---

1. 夏尔·勒昆特尔克（1926—2008），法国诗人。

时人们会问我：“如果需要在政治家、老师和诗人三种职业里选择一个，您想保留哪一个？”我的回答始终如一：“我的诗歌。这才是最重要的。”

但是这诗歌的本质究竟是什么，既然它是我们生活的目标、理由和最重要所在？这是第二个问题——我就不说是最重要的问题了。在谈及其表现形式，即诗歌的实现之前，我首先谈一谈关于诗歌的概念。

*

在《诗歌，炽热的理性》中，皮埃尔·埃马纽埃尔宣称道：“我们期待的，真正人性化的诗歌是伟大直觉的产物，能够直觉地理解到，一部作品……应该是一种总体的视野，是不断增强的，是对人类不同世界产生影响的关系，也就是说，是奔着未来的整体去的形式各异的运动。”当然，一切都关系到“人”——又怎么可能是别的呢？——但也许更应该是超越人的。阿兰·博斯凯在其关于埃马纽埃尔的研究中，虽然辩称不要“定义诗歌”，最终还是进一步说道：“诗歌既非是一种完美，也不在于创造新的词语，它同样不是对一种已经广为接受的语言举手投降，它是对自己的世界观一种或明确或隐晦的哲学表达。”而让-克洛德·雷纳尔也是一样，他将现代诗歌定义为“对于内在的和外在的世界的一种总体看法，是未经过滤的，诗人在这个世界里自由行动”。我不会打破，也没有打破诗人们的这种一致性，因而在欧维莱尔，我说的是，“儿提时代在塞雷尔**看到的一切**将会铭刻一生，当我看到盐碱低地上走过的一年一度的逝者巡游队伍，当我的同学们，那些小牧羊人看到**神明**——是真正的神灵——在和他们说话时"。我在其他地方也说过，我的相当一部分诗歌都表达了这样的一些"看法"。

大家不约而同趋向认同的诗歌—世界观并非偶然，它具有重要意义。它打破了来自文艺复兴时期法国诗歌的传统。它追溯到更久远的时期，根植于希腊的古老传统中——更准确地说是地中海的古老传统，因为法国是在这里与非洲相遇的。的确，和我差不多是一代人的梯也里·穆尔尼埃也认为法国诗歌的特点不在于其"内容"，或者其"素材"，而是在于其"诗学方式"。在某种程度上，他是对的，我们待会儿会回到这一点上来，虽然蔑视诗歌，并且首创了文艺审查制度的柏拉图认为只有 technê，即技术，是不足以为诗的。然而，对于今天的法语诗人来说，最为重要的，是诗歌的对象，诗歌应该是对于世界的本体意义上的认识：应该关乎世界之中的人。

然而，对于荷马以及他那个时代的希腊人来说，诗人是被某个神灵主宰的，而神灵给予诗人灵感的力量。因此，那时我们认为诗人具有 theios，即神性，我们称诗人为 aoïdos，即"歌吟者"，还没有称他为 poïêtês，poïêtês 在希腊语中是"制造者"的意思。缪斯主宰诗人，诗人作为接受主宰的人，会将缪斯唱给他听的诗调整后吟唱出来，但是他并不带有自己的印记，也就是说自己特有的形式：他的 technê。正是在这里，我们连接上了黑非洲，因为希腊人承认自己的文明带有混血的性质，他们认为自己的文明中有来自北方、东方和南方的贡献，这才更加具有启发意义。尤其是来自埃及的贡献，据埃及的居民所说，埃及的文明来自"埃塞俄比亚人"，也就是说黑人。

在中学课堂上，希腊文明与黑非洲文明的某些相似之处已经令我感到十分震惊，达喀尔学派则尤其强调希腊的"歌吟者"与苏丹—撒哈拉沙漠的行吟诗人之间，希腊神话和黑非洲成人文化之间的相似之处，这一点我之前已经提到过。正是在这样的仪式中，在这种人与宇宙融为一体，人成为神的完整表演中，手势和面具舞蹈、言语和歌唱在其充分的表达中获得了象征意义，因为它们具有**力量**。以诗人为例，他就是通过言语的力量将自己"转化"为神的，不仅止于再现宇宙：他通过神性话语的力量，更是通过对语言的驾驭，对宇宙进行了再—创造。有一则黑非洲神话甚至暗示艺术家——诗人、音乐家、雕塑家——在使神日臻完善，神同样也需要他的存在。[1]

但是，在这最根本的一点上，荷马时代的希腊人的观念已经与传统的黑非洲的观念有所分歧。对于最初的这些诗人来说，诗歌虽然受到缪斯的启发，却是一种 phuséôs mimêsis，即"对自然的摹仿"。诗歌应该再现神话英雄的模样，也借此让英雄成为永恒。当然，正如阿拉萨纳·恩多所说的那样，"苏格拉底之前的希腊神话和非洲人的神话几乎具有同样的神话结构"[2]。但是"几乎"之外的差别不仅仅是风格的差别。对于黑非洲的诗人来说，英雄，尤其是神灵就在身边：他们更是

---

1. 参见《非洲思想》，达喀尔。——原注
2. 参见《非洲思想》，达喀尔。——原注

在场的。因而诗人，或者是普遍意义的艺术家冲自然背过身去，安德烈·马尔罗[1]所言极为正确，他认为非洲艺术家仿佛是受到神启之人，他们再造了英雄的姿态，将他们置入现实：是神"超自然"的生活。作为一种价值观的诗歌，我曾经说过，或许也可以是对"自然"的摹仿，但是自然在此处的意义应该是"创造性的自然"，由神的力量所激发。一个充满活力的世界，由各种生机勃勃的力量构成各种关系：大地、星球和宇宙，植物、动物、人和神之间的各种关系。

因此，从荷马到柏拉图，此间经过赫西俄德[2]和亚基罗库斯[3]，本体论意义上的关系变得松弛了。就像我们看到的那样，哲学家在《对话集》里开始将诗歌贬低为关于正直之人的道德教化，将诗歌理想化，或者说将之"非自然化"，智慧地遵循伦理目标，将诗歌引向美，尤其是引向善。亚里士多德也并没有改变老师的教诲，试图将激情合法化，使之服务于catharsis，即"净化"功能，就仿佛是灵魂的防疫针一般，事实上诗歌伦理和工具性的指向并没有真正地发生变化。文艺复兴或多或少地重拾了这种观念，一直到兰波和1889年革命之前，这种观念都占据上风。这正是之前我们提到的梯也里·穆尔尼埃那篇出色的研究文章所肯定的。

幸运的是，在基督教纪年的1世纪到8世纪之间，在以前亚洲的肥沃土地上，出现了三大教——犹太教、基督教和伊斯

---

1. 安德烈·马尔罗（1901—1976），法国小说家、评论家、外交官。
2. 公元前8世纪古希腊诗人，享年不明，著有《神谱》。
3. 公元前5世纪古希腊诗人，享年不明。

兰教——重现了上帝的概念，正因为是唯一的神，因而才更加频繁地在场。上帝和他的先知，哈里发，圣人一起。上帝和他的新"英雄"们和我们更加亲近，与人类世界融为一体，尽管从文艺复兴开始到 19 世纪，诗人远离了他们，即便不说遗忘了他们，也是更把他们当作一种抽象的存在。这一点我在《克洛代尔在布朗盖的日子》里曾经说到过，如果说克洛代尔——还有和他一起的贝玑在 20 世纪的 30 年代征服了我们，征服了"黑人性运动"的斗士们，就是因为他们超越了文艺复兴，上溯到凯尔特文化的源头，以及基督教的中世纪：更确切地说，是回到了《圣经》的世俗拉丁文译本[1]的美妙时代，回到那时灵活的、充满了意象的、民众的语言，而今天，黑非洲的很多教堂仍然执着于这样的一种美好语言。

这一对古希腊的新注解，使我们——带着更好的理论武装——回到 20 世纪的法语诗歌上，回到了作为一种世界观的诗歌，尤其是回到了灵感和神性所带来的贡献：回到了神话。

我前面就说过，柏拉图和亚里士多德使得我们远离了神，甚至远离了英雄，而在非洲，我们至今依然能够看到他们的存在。现代诗歌借助于重建新的神话，或是拾起旧时的神话，带回了英雄和神，现代诗歌赋予这些神话以新的意象，新的、现代的意义。

但"神话"是什么？在词典中，"神话"首先是"来自民间的虚构叙事"，让象征自然界力量或是人类状况不同方面的

---

1. 罗马天主教教父圣哲罗姆所译，被罗马教廷认定为唯一可信的拉丁文译本，因此得到广泛使用，也称通行本。

生灵——神、人、动物、植物以及各种现象——鲜活起来。但是不要忘了还有现代，甚至是当代的神话，其对象是仍然活着的人，我们仍然在经历的现实：第二次世界大战、戴高乐、丘吉尔、原子弹、卡特[1]、勃列日涅夫等等。

皮埃尔·埃马纽埃尔的功绩，就在于延续了贝玑和克洛代尔的宗教诗歌，但是通过引入古代神话而革新了这个世纪宗教诗歌的主题：世界大战、原子弹、泛人类文明。他超越了基督正教的传统，然而他并没有否定它，而是让我们的**灵魂**得以在我们的精神和肉体中存在，让我们经历恐惧、失望、虚空、宿命和荒诞。但是他也喜欢具有普遍意义的诗的永恒主题，例如爱与女性，希望与自由，还有**诗歌的话语**：

只有通过上帝之言，一切才能够继续
一切都是为了上帝之言，才得以被创造。

但是这些永恒主题，都是为了把它们放置在一种戏剧性的，具有变形意义的张力之中，从而奏出神话的交响乐，例如《俄耳甫斯的坟墓》《诗人和他的基督》《所多玛》《圣经》《雅各布》《索菲娅》《缄默》等。

粗心的读者，如果过于执着于诗歌的传统定义，就不会注意到阿兰·博斯凯的神话的一面，仿佛所有具有原创性的诗人都不会经历与歌唱神话一般。其实，在博斯凯的笔下，神话是现代的、当下的，因为他的故事就是想要"避开希腊，马莱

---

1. 应该指的是吉米·卡特（1924—　），美国第39任总统。

伯[1]和法老"。从《不可原谅的形象》开始，他就在经历，在言说关于女性的神话，此后他的所有诗集里，这都是一个挥之不去的主题，而与此交织在一起的，还有关于"地球"的神话。地球的主题出现在《我的星球的记忆》一诗中，与另一个"年轻的小原子"是共生的。《怎样一个被遗忘的王国》中的题外话就真的只是题外话而已，让诗人得以在相同的"感—想"里对前哥伦比亚文明中的神话进行调试，是欧洲摧毁了这些神话，如今这些神话在拉丁美洲已经不复存在。而读到《第一份和第二份遗嘱》的时候，我们就位于博斯凯神秘的神话中心了；位于我们"可怜的大地"的中心，位于这个"乐于被原子炸毁的世界"中心。一个喜欢奇幻的、写下"跳一支血舞"的诗人从来没有如此绝望过，可同时他又显得如此充满人性：

我爱你，人性，因为我丢失了你。

让-克洛德·雷纳尔的第一个神话深深地根植于《圣经》之中，因为他信奉的基督教的确来自天主教的主流传统。神父提耶特称他为"神学诗人"绝非偶然。但是他的基督信仰和埃马纽埃尔的完全不同，他的信仰是以"天父"而非基督为核心的。稍后，雷纳尔用来自其他宗教，但围绕基督教重建过的"神话"丰富了自己的这一信仰。

乍一看，雷纳尔原初的"神话"主题——我还是保留同样的词汇——可能并不令人惊讶。然而，这些主题都被置于一种

---

1. 马莱伯（1555—1628），法国诗人、古典主义文论家。

阴影之歌

动态的张力之中，和他的两个前辈一样。从他的第一部诗集到最新的一部诗集，从《沉默之光下的胡安》开始——然后是《失落的国家之歌》《世界的变形》《在唯一的葡萄园中》《水的咒语》《时间的咒语》《神圣之地》《灰烬和河流》《黑夜里的上帝》——他的主题都是以成对的方式呈现的：欲望—馈赠，空虚—充实，渴望—水，分裂—统一，夜晚—白昼，恐惧—婚礼，缺席—在场，肉欲之爱—神圣之爱，非在—存在，人—上帝，然而，这一切都被置于一种魔鬼般的戏剧化场景之中，通过咒语将我们从欲望的沙漠带到婚礼的神圣之地。我是用诗人所说的"咒语"，亦即一种皈依，一种变形：

> 这样一种饱含着强烈渴望的水
>
> 愿它超越自己所吟唱的欲望
>
> 在他心中勾勒出神圣的形象
>
> 在孕育它的鲜活的神秘中
>
> 只有它才能满足那活生生的希望。

当我以教师的目光审视我的作品时，我首先注意到的是，正如处在第一"阶段"的非洲信仰者一样，从我没有烧掉的第一首诗开始——因为已经摆脱了马莱伯的诗歌风格——我已经体会到了什么是诗歌的象征意象。也是在达喀尔的"中学课堂"上，我体验到了"非洲"本质意义上的神话。一方面，五个世纪以来，非洲如同基督一般，被钉在奴隶贸易与殖民的十字架上，但是，得到救赎的非洲，通过自身承受的痛苦，又救赎了世界，它的复活正是为了参与孕育一种泛人类的文明；另一方面，是黑非洲的非洲，女性力量，爱情和诗歌，在《哀歌》的最后一首诗中，诗歌就是以示巴女王[1]的形象出现的，多年以来，她一直在我的生活之中，我一直爱慕着她。事实上，诗集里的每一首哀歌表达的都是一个神话，或古老或现代的神话。

亲爱的朋友们，让我再次感到震惊的，是在我们的生活中，在我们的意识中，在我们并存的灵魂中，正是因为我现在要谈论的"灵感"的存在，我们都是如此忠实于我们的"思—感"，忠实于个体经验中突然出现的"原型意象"，这些意象就像是来自祖先的意识一般，我们谓之为——神话。

在关于皮埃尔·埃马纽埃尔的《开场白》中，作为对诗人灵感的定义，博斯凯用到了"生命冲动"的字眼。再也没有比这个更加正确的了。因为，在黑非洲，所有表面现实的基础，正是这种**生命的力量**。在其对诗歌的研究中，埃马纽埃尔讲述的正是这一现实，特别是在《一之味》中，他通过诸如"夜间的呼唤""先闻其声的使者""他者无声的访问"等等表达来指代这一现实。他用一句话进行了概括："它——这一在夜间言说，大声喊出这静默的黑夜的现实——来自你的内心深处，来到你面前，早在出现之前就已经发出了声音。"套用埃马纽埃尔的话，我应该说，诗人深深扎根于祖先的记忆之中，这一记忆将原型意象的岩层保留了下来，而诗人则用个人经验的土壤丰富这些岩层，这样才能完成在诗人与他者，我与你之间的有益对话。因此，诗人不仅负有歌唱现实的使命，他更有歌唱它

1.《旧约》中略有提及，传说仰慕以色列国王所罗门，而埃塞俄比亚的传说中也有关于示巴女王的故事，版本与《旧约》或犹太教传说有很大不同。

的需要和快乐，这是他最深层的自我所在，就像他的民族、他的历史和他的环境塑造了他一样。这是有待重来和完善的创造，用的是种种象征性的意象，原型的或者是当下的，亦即神话。也是博斯凯最终所说的"创造的冲动"。

我们离荷马以及他的缪斯们并不遥远，但是我们不再谈论他们，也不再谈论曼蒂尼亚的迪奥蒂玛[1]。重新回到我们身上的，是那份古老的热忱，倘若用埃马纽埃尔的话来说，就是对"直觉"，对"诗歌言语的神圣性"的信仰。

自然，阿兰·博斯凯关于灵感的意象与埃马纽埃尔的十分接近。但是，可贵的是，阿兰·博斯凯进一步加以明确。因此，在《语词与晕眩》中，他为我们提供了古典诗歌与从兰波开始的现代诗歌中灵感的比较。他将 20 世纪的"直觉灵感"与自马莱伯和布瓦洛[2]以来流行的"谋划"对立起来。我们都很清楚，这种法式的诗歌语言，是一种咒一骂，就是因为中学里经常"论一述"。我这里只谈一谈现代灵感形成最初的两个阶段。首先是"整个存在的兴起……不是受到……的'启发'，而是一波感觉掠过，要求他将这些情感都表达出来"。然而这感觉伴随着"情感"，甚至是有"节奏"的。接着，就是"对于写作的欲望的确认"，非常强烈，有一种"神秘的启示"。从此之后只需要听从这"最原初的冲动"，拿起笔，写下来。我们四人当中的任何一个，不都是在让-克洛德·雷纳尔秒回的场景中认出了自己吗？

安德烈·阿尔泰尔希望雷纳尔给出一个诗歌的定义，对此

---

1. 传说是古希腊的先知哲学家，其想法直接影响了柏拉图对于爱的观念。
2. 布瓦洛（1636—1711），法国诗人、古典主义文论家。

雷纳尔的回答是："诗歌是一种语言。然而绝非一种毫无根据的语言。开始的时候，总是有一种撞击。不是身体意义上的撞击。甚至不是智力意义上的撞击：是一种精神的重量。在自我的内心深处有一种空茫，需要被填满：诗歌就是填满的过程，是因此而经历的匮缺的唯一解药。""一种精神的重量"：这一表述很能够体现雷纳尔的特点。再也不是缪斯：是一种不那么来自上天的存在，不那么轻，更加密实，简洁，更是一种存在，在和诗人对话，而诗人是完整的人，"灵与肉是一起的"。这是一种大写的精神，就像雷纳尔在《世界的变形》中所揭示的：

……开放的精神

在整个海面上，在完全的死亡之上

上帝开启，开启的神

饱食的神，神中之神

成为永恒的奇迹

精神之人，人创造了言词。

因此，是不是上帝本人，灵光一现，在一种奇迹一般的共生关系中，将诗人的言说和神之言词融为一体，我们稍后会谈到。而在此之前，我必须先谈谈我作为黑人的经验。

很奇怪的是，我保留了与缪斯的联系，而在我的笔下，缪斯是以"美惠三女神"的形式出现的，那是我村子里三位民间女诗人：孔巴·恩迪亚耶、玛罗娜·恩迪亚耶和西嘉·迪沃夫。正是她们，通过她们的歌咏和评论，向我揭示了塞雷尔诗歌最基本的特征，并且以此为起点，揭示了整个黑非洲诗歌最基本的特征。每每我一气呵成，完成一首诗的初稿，我都会感到很难过，因为想到由这个或者那个诗人哼唱出来的是那么美，我仿佛经常能够听到她们和我玩笑，拿我的名字打趣："塞达，塞迪洛？……"我的翻译如下："谁—会不害羞，你难道不害羞"在我们的咒语下昏昏欲睡吗？

人们经常会谈论我的"基督教诗歌"，在这些诗中，我将我的主人公与圣人混在一起，将塞雷尔的上帝和基督的上帝混在一起。我将一方的神同化为另一方的神，就像你们说的一样，让另一方的神"适应"这一方神的土壤。我知道，在我"美惠三女神"——她们根植于塞雷尔大地，是这方土地给了她们灵感——的背后，有一系列的祖先，一系列受到神启示的人，在神圣的森林里，就像我们说的那样，"神蛇"听见了声音，那是上帝起舞时的乐声与舞声。于是，"神蛇"重建了世界和宇宙，更加广阔，更加复杂，更加生动。我希望通过我的诗歌重新完成的东西能够更加具有当下性，更博爱，更美好。这就是为什么，我会用上一天，几天，几个星期，几个月，甚至是几年——比如《示巴女王哀歌》——来完成一首诗，等待着"纯洁的言说女神"（如果我用皮埃尔·埃马纽埃尔的词）的造访。

*

我们这样就抵达了最后一个问题，即诗歌的实现，**写诗**的问题。我们都能认可的是，在诗歌中，创造的冲动，抑或神秘的力量是最为重要的，这种优先当然要回归到对话语的掌握上，但不仅仅是话语，也有语言的问题。没有语言，就不会有诗歌的话语。尤其是在关乎法语的时候。如果说第三世界最好的法语诗人都曾经有过在大学或者"大学校"的经历，这绝非偶然。我观察到，我们越是成熟，就越会看重与语言和言语的关系，你们每个人的最近一部诗集都证明了这一点：埃马纽埃尔的《闭嘴》，博斯凯的《怀疑与宽恕之书》，雷纳尔的《沉默之光》[1]。至于我这里，我需要提醒诸位的是，在黑非洲，行吟诗人通常会被称作"言语大师"。

这一次，对于第三个问题，我要从结尾开始，从黑人诗人开始，一直讲到皮埃尔·埃马纽埃尔。不谈太多法语的黑人诗人，而是多谈一些根植于黑人**言语**的，更为大家所熟悉的诗人。因为在欧维莱尔，我主要谈的是前者，即法语诗人。

就像我喜欢强调的那样，在黑非洲，诗歌意味着"让心和耳朵感到愉悦的话语"。不是思想，甚至不是所谓的情感；而是"好好地说"，因为与心灵一致的言说也同样悦耳。但是我们需要再一次问这个问题，为什么要"与心灵一致"？因为话语如果想要真正做到"魅惑"——从词源意义上来说的魅惑——要产生"魔咒"的效果，就必须要用类似的意象来表达，既要藏起来，同时又要能够揭示，而且并不是单纯的思想或者情感，而是"思—感"，是通过揭示的方式藏起能指之下的所指。

必须强调的是，类比的意象，或者说象征要远比我们通常

---

1. 瑟伊出版社，巴黎，1978。——原注

所谈论的复杂得多。我首先要聚焦于《一之味》的作者和我们谈到的"秘密"的想法，他说"秘密"就是"成为象征的理由"。黑非洲的思想就向我们解释了这种理由。的确，阿拉萨纳·恩多在他的博士论文中写道："在能指与所指之间并没有完美的对等，正是在它们的距离之间，秘密产生了，安顿下来。话语最根本的作用就在于隐藏。隐藏并非目的本身，它包含，意味着揭示。话语就这样，在必然性中建立了一种秘密教义的传授。"这句话值得进一步解释。

在黑非洲，某一生命，甚至是某一事物的本质都是复杂的，因为它和其他生命、其他事物的本质形成了一个关系结。在这一点上，黑人的思想又先于科学发现，当然这早已不是第一次如此了。然而，对于这个多元化的本质而言，辩证的理性和抽象的表达都不能完全涵盖，因为它们以一种单一的方式将它简单化了，而直觉理性则能够抓住关系的整体，数量上如此，质量上就更是如此。因此，直觉理性通过类比的意象来表达，这些意象暗示着关系的存在，多元化的象征超越了"能指＝所指"的等式，尤其因为象征是经由"言语大师"，经由诗人而存在的，而且这些类比的意象并不是彼此孤立的。

这正是"寓言"和"神话"的差异之所在。始于文艺复兴的诗歌，抒情的演讲式诗歌都是一种寓言：一连串具象和抽象的词语、比喻和隐喻，一切都由一根逻辑之线串联起来。因此会缺少秘密，因此也会缺少实质性内容。而神话则是一个整体，是类比意象——还有比喻和隐喻——的共生关系，它们之间因为自身的质而彼此相连，我想要说的是它们的意义，因为所有都共同表达了一种直觉的，本体论意义的看法。关于非洲的口头诗歌的研究也证实了这一点。在这里，我只举两首我村里的竞技诗歌，两首诗—歌：

先是第一首：

我的聚会将不会孤单
因为我有盛宴之歌的力量，
我是狮王莱迪奥（Lat Dior）
众爱所归的（冠军）孔巴（Koumba）。

一连串的类比意象，没有一个抽象的词语。如果说在整首诗歌里，出现了一个逻辑词"因为"，一个从属连词，这恰恰是一个证实了规则的例外。但是这首诗的主题是什么呢？您可以猜到，是关于诗歌语言力量的，但也是关于诗歌的悦心悦耳，除此之外，还有一点，就是诗歌的准则之准则就在于"让人愉悦"，就像莫里哀说的那样。在非洲，"神—太阳—狮子"是个古老的传说，象征着力量，而诗人身处传说之中，他就是——或者说让自己成为——狮王部落的一员。但是这里的神不仅仅是力量意义的符号，他同时也象征着美和愉悦，如同诗歌的语言一般。因此我们禁不住会想，狮子或许也是话语的象征，或者反过来，话语是狮子的象征。

接下来是第二首诗—歌：

我几乎没有睡，守候着这竞技场
我内心的达姆达姆鼓，镶着一圈白色的项圈。

这是一个年轻的姑娘，诗歌女神，在晚上的争夺中，看到了她的未婚夫，她的"冠军"，在竞技场上赢得了胜利。她如同达姆达姆鼓一般的心沉浸在欢乐之中，就是这鼓镶了——我说的不是"好像镶了"——一圈白色的项圈。我们这里谈论的"项圈"，是运动员头上的束发带，变成了小贝壳的项圈。我村里的居民都知道，小贝壳象征着美与繁衍，因此，也象征着力量，这首诗的意义非常丰富。就像前面一首诗一样，是个女神在歌唱她的未婚夫运动员的力与美，那是她的快乐，会为她带来幸福。

关于非洲的"话语"，我就此打住，接下来我们要谈一谈诗歌可感知的，感性的那一面。继马塞尔·格里奥尔[1]之后，这一点成为很多人研究的目标，其中不乏重要成果，例如多米尼克·扎汉[2]的《巴姆巴拉人的语言辩证》[3]，或者热讷维耶芙·卡拉姆-格里奥尔[4]的《多贡人的话语》[5]。但是，我在这里主要想谈谈一位非洲学者的研究，才出版的《库玛》[6]。

的确，马吉利·伽萨玛在他这篇出色的文集文章中，强调了"库玛"（kuma）这个词的丰富含义，在作为曼丁戈语分支

---

1. 马塞尔·格里奥尔（1898—1956），法国人类学家、西非研究专家。

2. 多米尼克·扎汉（1922—2012），法国民族学家、非洲文化专家。

3. "山羊与公司"出版社，巴黎，海牙。——原注

4. 热讷维耶芙·卡拉姆-格里奥尔（1924—2013），法国人类学家，非洲文化、语言研究专家，著名人类学家马塞尔·格里奥尔之女。

5. 伽利玛出版社，巴黎。——原注

6. 新非洲出版社，达喀尔。——原注

的巴姆巴拉语中，"库玛"的意思是话语。"词语，"他写道，"并不满足于以传统的方式，只是在读者的脑海里起到表征的作用。它有**成为**物体本身的野心。"就其来源而言，词语具有神性，"因此词语的力量避开了人……它象征着我们看不见的世界，这个世界并非由抽象的**思想**组成，而是对于可见的世界的延伸"。两个强调的地方是我添加的。简言之，伽萨玛总结说，话语，kuma，在巴姆巴拉语中有三层含义：

1. "**创建**，以神的方式"；

2. "**嘴**……"可以与之相比的是"造物主的居所，一切在此形成、塑形"[1]；

3. "**锅**：作为创造的一种烹饪；产品在出锅时产生了彻底的变化。"

我非常赞同这些想法，因此我经常说，在黑非洲，所有的生命，甚至物，或者更确切地说，任何形状和颜色，任何的运动和节奏，任何的颤动和韵律，任何的气味和味道，任何声音都有其独特的象征价值：都有它自身的涵义。因此任何一个词，一句话都有它可类比的意象，甚至好几个。这就是刚才，通过对两首竞技诗歌的评论，指出两首诗歌的话语如何"悦心"，我所想强调的东西。

接下来我应该谈一谈黑人的诗歌话语是如何"悦耳"的问题了。在欧维莱尔我讲到了黑人法语诗人的"魅力"，讲到这些独特之处动摇了、打乱了布瓦洛的语言，但是并没有使得法语语言"变一质"，因为这些特质是悄然进入凯尔特语言的生

---

1. 引自多米尼克·扎汉。——原注

命冲动之中的。只是这些特殊的魅力的确来自黑非洲的语言，就像我 1954 年，在第二届克诺克勒祖特（Knokke-le-Zoute）国际诗歌双年会上的发言中指出的那样 [1]。

我先是要批评欧洲对于这些语言的偏见，否定了它们的优雅，与之批评的正相反，这些语言最重要的优长恰恰在于它们"表达手段的经济性"。事实上，这些语言都是"黏着语"，是综合语。它们通过词缀的方式来表达语法关系，而在作为分析语的欧洲语言中，语法关系则是由独立的词语来表达的。因此，"他没有杀死我"，在塞雷尔语中，只需要用一个词，wareeraam 就可以表达。另一方面，正如我所观察到的那样，在塞内加尔-几内亚语群中，诗人会倾向于取消所有非关键的词语——不仅仅是冠词——尤其是工具性的词语，表达连接和推理的词语，例如从属连词等。因此，就像超现实主义能够从中得到某种启发一样，我们的语言在这里展示的，也是一种并列，甚至是并置的句法，是直觉理性惯用的句法。

除了类比意象之外，黑人诗歌话语的主要效力就在于**节奏和韵律**。我用的是"效力" [2] 一词，而非优长，因为在这里，节奏和韵律的力量，是一种创造性的力量。

首先是节奏。我们应该从节奏出发，节奏带来的，不仅仅是韵律，还有意象，这意象是通过互动的冲动，因而也是通过暗示性的，创造性的冲动来建立的。

---

1. 参见《自由》第一卷，第 159—172 页。瑟伊出版社。——原注
2. 原文用的是 vertu 一词，在该词原初的宗教含义中，有"力天使"的意思，强调"力"。

在《库玛》中，伽萨玛和我们谈到了"催生词"。在我们的语言中，它通常是一个词。有的时候，它也会是一个词组，甚至是一句话。我还一直记得行吟诗人拉洛·盖巴·德拉美[1]一首曼丁戈语的短诗：

Papa Jabi Suko *muso dimmaa*

Jabii

Papa Jabi Suko *muso dimmaa*

Jabii

Jabi *Jato*

Ntero

Dua le jaabitamaa.

翻译过来就是：

迪亚比爸爸，女人苏库的孩子

迪亚比——

迪亚比爸爸，女人苏库的孩子

迪亚比——

狮子迪亚比

哦我的朋友

瞧，我的心愿已经得到满足。

---

1. 拉洛·盖巴·德拉美（1940— ），塞内加尔作家、诗人，主要写作语言为法语。

　　　　　　　阴影之歌

这里有一个"催生词"的重复，Jabi（译成法语是 Diabi，迪亚比），但是对于听者——或者今天的读者——来说，黑人诗歌里的重复，是由得到落实的期待或者甜美的惊喜构成的。正是这一切构成了诗歌的魅力，就像刚才所提到的类比意象一样，遮住了，同时又揭示了能指。

黑人诗歌里的节奏，和在别的领域一样，讲究的是一种非**对称性的平行**。回到德拉美的诗歌，我们可以注意到，第三行诗句是第一行诗句的重复，而第四行诗句则是对第二行诗句的重复。但是，在第二行和第四行诗句——如果我们可以用"诗句"这个词的话——里，Diabii 是一个长音 i，而不是短音 i。这还不是全部。节奏的魅力就在于，就像我们看到的那样，重复从来都不是再说一遍。经常是"催生词"和别的词语一起在诗歌游戏中发挥作用。在这首诗里，Jabi 这个词与 Jato 和 jaabitamaa 一起形成了诗歌的"短循环"。第一个例子中，Jabi 和 Jato 构成了头韵，让类比意象发出耀眼的光芒，通过"迪亚比爸爸"和"狮子爸爸"之间的同一关系，赋予其深刻的含义。

我再用一首稍微长一些的班图语诗歌来结束试图传递给你们的观点，我把这首诗翻译成《火焰之歌》：

火焰，人们在夜晚凝视的火焰，在深邃的黑暗之中，

火焰，燃烧却不温暖，发光却不灼伤的火焰，

火焰，没有身体，没有心灵的火焰，无所居处，无房无家的火焰，

火焰，透明如棕榈树的火焰，一位无畏之人在召唤你。

巫术之火，你的父亲在哪里？你的母亲在哪里？谁喂养了你？

你是你自己的父亲，你是你自己的母亲，你来去无痕迹。

干枯的树木无法孕育你，你没有灰烬作为后代，你死去却并不死去。

流浪的灵魂化身为你，无人知晓。

巫术之火，水下的灵魂，上空的灵魂，

闪耀的灯火，照亮沼泽的萤火虫，

无翅的鸟儿，没有身体的物质，

火之力量的灵魂，

聆听我的声音：一位无畏之人召唤你。

我们就这样进入了韵律的范畴。

但"韵律"是什么？我们知道，从这个词的普遍含义来说，韵律就是一个声音的序列，能够产生悦耳的感受。在一首用以吟唱的诗歌中，最重要的是音符的序列，而在一首用以朗诵的诗歌中，最重要的则是词语的序列，依靠的不仅仅是元音的颤动、密度和长短，还有辅音。悦耳的感觉来自和谐，是在颤动、密度和长短三个因素之间形成的一致性。我所说的**一致性**来自认同或是并不重复的重复的相同性，更是来自差异性，甚至是彼此补充的对照。

回到德拉美的诗，韵律是由头韵和谐音构成的，但不仅如此，更微妙的是，还有义素和音素的游戏，强化了符号和意义的游戏，亦即我们所说的类比意象。

阴影之歌

我们已经注意到了 Jabi 和 Jato 构成的头韵。现在我们把重点放在谐音上。有紧挨着的，比如 Suko muso 和 Jato utero；也有隔了一定距离的，例如 dimmaa 和 jaabi tamaa。在我研究的塞内加尔-几内亚语群里，头韵和谐音尤其多，正是因为它们可以隔一定距离，而且名词的限定词能够以和名词第一个或最后一个音节相同的义素形式出现。就像富拉语是这样来表达"这份荣耀"的：ngalteddungal ngal。

之所以对黑非洲诗人的口头诗歌加以评论，就是不用长篇大论地谈论自己的诗歌。对于我来说，创作一首诗歌的前两个阶段——或者更确切地说，应该是一首诗的前两个版本——往往是很艰难的，就像怀孕的女人一样，第三个版本则往往是欢乐的版本。请理解我，我所说的"艰难"，并不是指的缺少灵感，因为，那个时刻，词语纷至沓来，正是这种多元让我感到艰难。而到了第三个时间段，我的诗歌孩子出生了，满载着意象、旋律和节奏，这是我最喜爱的时刻，此时我扮演的是助产士的角色，或者说是重新变回了教师的角色，我专注于把我的诗歌孩子从它的肉身中解放出来：从它不完美的外壳中解放出来。当我带着批判性的眼光重读自己的诗歌时，我会将意象的秘密再藏起来一点，或是再让它更显眼一些，我会加强或减弱节奏和韵律的效果。这是为了抵达"表达"的层面，未必是最富有表现力的表达，但应该是尽可能完善，因为最为人性化的表达既是"悦心"的，也是"悦耳"的。

现在应该谈谈你们了，我的朋友们，就像我之前说的那样，我从让-克洛德·雷纳尔开始。

他最近的一部诗集《沉默之光》给我印象最深的地方，就是较之此前的诗集，诗人更加显示出是一个掌握自己言语——不是"语言"——的大师，或者说，是掌握了自己的话语的大师。在这部诗集的不同"岩层"，甚至是在这些"岩层"之外，诗人的话语采用的都是格言的风格，就像我的"美惠三女神"一样，词语是如此简洁：

洗去所有痕迹，以接纳无名的迷宫：纯粹的难以辨认。[1]

在这里，我们远离伟大的"天主教"诗篇，事实上，这些诗篇的比喻，甚或隐喻有时或多或少都在我们的意料之中，因为都来自《圣经》。真的只有黑暗才能照亮意象，而在这样的意象之中，远离词语，甚至是词语在自相矛盾之时才能让意义闪现。这些，如果我们使用前五首诗的题目，就是所谓的"透明的咒语"：

深渊撕裂、伪装或从自身的黑暗中消失，都只是为了更好地聚合
　　就像每个伤口
　　背后有一片雪白的灌木丛，
　　真正的荣耀。[2]

但是，在《沉默之光》中，"令人震惊的意象"并没有窒

1.《记事簿》第 3 首，第 86 页。——原注
2.《记事簿》第 1 首，第 28 页。——原注

阴影之歌

灭了节奏——尽管我不应该再继续谈论节奏的问题——尤其没有窒灭韵律。从头至尾，雷纳尔一直能够掌控词语的羊群，与词语嬉戏，声音的游戏，意义的游戏，韵律的游戏。甚至最后一首诗的题目都显示了这一点：《赤身裸体抵抗虚无》，我们能够看到，隔了一点距离，既有头韵，又有尾韵。

还有两句诗，虽然表面看上去简单，其实更为复杂：

所有的逃逸，逃着固定下来[1]

接着是：

倘若符号之书，梦想之书，沉默之书能够就此开启。[2]

第一句诗，"逃逸（fuite）"里的 f 音和其他词语里的 i 音让我们能够同时感受到不动和动，而在第二句诗中，i 的谐音仍然在重复出现[3]，但是与头韵 s 混合在一起，我们更能够感知到的是沉默。

我还能举出很多的诗句。但前面的这些已是足够。这些诗句很能够说明雷纳尔诗歌的特点，它们再一次证明了宗教信仰在至深之时，在深植于内心之时，能够自然而然地通过艺术来表达。我们很快就会看到，皮埃尔·埃马纽埃尔也同样证明了

1.《岩层》第 7 首，第 98 页。——原注
2. 同上，第 97 页。——原注
3. 这是一种说话的方式，因为是出自同一首诗，我颠倒了诗句的顺序。——原注

这点。

然而，阿兰·博斯凯的最近一部诗集的题目颇具深意，叫作《怀疑与宽恕之书》。

博斯凯是混血，出生在俄罗斯，在比利时"长大"，曾经在美国生活过，对于我来说，博斯凯就像某些安的列斯群岛的作家，是典型的"法语"作家。但是恰恰相反，这一点并不妨碍他是一个彻头彻尾的"法国"作家。少年时代的他经历过比利时"全面监控"时期，无论如何，从1942年起，他就钟情于——倒不是美的语言——完美的形式，开始考虑写作的问题。夏尔·勒昆特尔克告诉我们，从《不可原谅的形象》开始，"他就已经掌握了他自己的词汇"。我还要补充一点：还有他的风格，轻盈、活泼，如同长了翅膀一般，充满奇幻色彩，看似离题实则切题。如果说埃马纽埃尔和雷纳尔深深地根植于基督教信仰之中，博斯凯却执着于自己的思想，但同时，他又被一种令人震颤的感性托了起来。

这就是说，他的诗歌是意象的织物，而在这些意象中，精神，智力意义上的精神从来未曾缺席。因而抽象词汇在这些意象中彼此交织，完全是法国式的：

> 树不会倒下，如果这是树的精神。
> 神圣在沉睡
> 犹如爬上葡萄藤蔓的一只虫子。[1]

1.《节奏》，第128页。——原注

正因为如此，意象中的比喻和隐喻是平衡的：

柳树勾勒出一小步舞蹈，飞走；
泥土中的石头
呻吟着，像一个怀孕的女人
池塘膨胀成山脉，
燕子在蔚蓝天空中刻下
一首荣耀的虚无之歌。[1]

语法学家见了，不禁要问，这究竟是隐喻还是比喻。

当然，作为诗人，也就是说"歌者"，阿兰·博斯凯并不刻意反对写旋律优美的诗句，只是比较起韵律，他更是节奏的儿子。也许这一点是来自他的俄罗斯血统，更确切地说，是来自他的混血。

来自怎样的游戏、怎样的火焰；
来自怎样的歌声、怎样的血脉？
一个渴望毫无责任、不可替代的世界，
一个烟雾和羽毛的世界。
谁能说：这是一个世界？
谁能说：它必须延续下去？
如同一只没有形状的甲虫呆在它的茧中，

1.《诸神烦了》，第 191 页。——原注

如同一株无色的丁香藏在它的芽中。[1]

读了这样的诗，又如何能不想起行吟诗人拉洛·盖巴·德拉美那首 *Papa Jabi* 呢？所有的要素几乎都能找到：谐音，但尤其是并不只是简单重复的重复，因为这些重复的词语被放置在一个完全不同的背景中。而在一切之上的是节奏，就像在黑非洲诗人笔下一样，博斯凯的节奏也是由平行和不对称构成的。我们可以简单来回顾一下："游戏（jeu）"和"火焰（feu）"，"歌声（chant）"和"血脉（sang）"，"毫无责任（irresponsable）"和"不可替代（irremplaçable）"，"茧（cocon）"和"芽（bourgeon）"；再加上"世界（monde）"和"血脉（sang）"等词语以及"谁能说（qui porra dire）"、"如同（comme dans son）"等表达方式的重复……

我们最后用皮埃尔·埃马纽埃尔来结尾，我想说的是，他也一样，而且首先是他，通过《闭嘴》这部诗集，完全掌控了自己诗歌的表达手段，成为一位言语大师。开始的时候，这些手段曾经都被蜂拥而至的神秘意象和象征意象研磨。

我们能够在他最近一部诗集中找到所有诗句形式，从表面上音节数量固定的古典诗句到克洛代尔式的诗节，当然还有自由体诗。我之所以说"表面上"，是因为埃马纽埃尔从来不会满足于重复。诗集里找得到所有的风格：从《亚哈王》的《圣经》风格到带有民间意味的《庆祝圣节的名义》。经常是在同一首诗里，我们能够读到不同的形式，例如在《风》中，而像

1.《来自怎样的游戏？》，第 47 页。——原注

《庆祝圣节的名义》则更进一步，糅合了不同的风格。

在继续谈论埃马纽埃尔的诗歌之前，我想先回到"灵感"的问题，我说的是我们这三位诗人的诗集的物质——才不管什么古典主义的法则呢！因为物质即使未必带来韵律和节奏，也会带来意象，就像让-克洛德·雷纳尔所暗示的那样，在解释自己的诗集标题的时候，他说是"没有表达某种既定经验的词语的话语，**既是内在的又是外在的**，而这种话语，只有某一类的言语，即所谓'诗性的'言语，才能表达出来"。（强调之处是我添加的）阿兰·博斯凯也肯定了这一点，在《怀疑与宽恕之书》的序言《变奏》一文中，他进一步阐述道："只有被翻译成言的时候，上帝才存在，然而言的存在恰恰道出了上帝是不可译的。"在稍远一点的地方，他用这样两句诗来为题为《话语》的一首诗结尾：

话语，哦，圣灵感孕。
话语，哦，圣洁的分娩。

这里暗示了两点，一是物质的模糊性和多价性，另一则是话语无穷的创造力，皮埃尔·埃马纽埃尔在《闭嘴》另一重意义上的序言，没有收录在诗集里的一篇文章里进行了明确的解释。我必须进行大段的转引，因为对于我所持的观点和视野来说，他的解释很说明问题："人类并不是理所当然的存在：而是从头来过的冒险。通过直觉、梦境、符号，**内与外彼此呼应，互相改变**，一起勾勒出一种形式，每个生命都能够预感到这种正在形成的形式……这种本真的理性就是在起源之前，吹拂过原始物质，即水之上的风。基本的象征符号和远古神话自然地从我的内心冒出了头，给予我存在的基础，让我关注的东西有了方向。几乎我诗歌那一面的所有存在都是在谈**它们肉身性的拥抱，而男性和女性，是单一整体中的两个面向**。风有了血肉，想要成为一名男子。"埃马纽埃尔让我们懂得，是风—语言—灵性化身为先知：化身为摩西，以利亚……最后，化身为"来自童贞母体的言说……我，不需要授权，具有绝对的权威"。

关于第一个主题，即话语的无穷创造力，话语和精神，乃至神融为一体，我已经引述过博斯凯的两首诗了。在此之前，虽然没有那么具有典型意义，我也引述过雷纳尔的诗，那首诗是这样结尾的：

……神中之神

会成为永恒的奇迹

精神之人，人创造了言词。

更甚于此，就像我已经暗示的那样，诗歌之言，这就是《沉默之光》的主题。《红色天空的面孔》的开头是这样的："话语本身没有任何想象，它只是预言性的，通过死亡提出希望的问题。"

至于第二个主题，以及事物和生命、符号的多价性问题，我在让-克洛德·雷纳尔的笔下也经常找得到，我也记了下来。下面就是两个例子：

　　　　　　　　　　　　阴影之歌

谁会害怕空虚？

在虚无之中居住着神秘——不可能在才过去的瞬间成为可能。[1]

还有：

海鸥们紧跟在后，用嘴啄击
在每个贝壳上写下相似却不同的词语。[2]

阿兰·博斯凯自然没有落下。他在《起源》一诗中写道：

所有的起源都是伤口，
每一个地方，都是变形。

稍后一点，在《时间，地点》中，他继续道：

同一是复数，
而同一本身非常孤独。
在那个时刻，时间就是地点
在这个地方，地点将诞生于时间。

事实上，如果我们仔细想一下，我们会发现，创造性的话

1.《在白色迷宫中》。——原注
2.《黑色——但是作为开始》。——原注

语以及由此而来的存在不同变形的多价性这一双重主题，就是我们三位诗人最近的三部诗集的物质本身。我的例证都是在这一双重主题的观照下进行选择的，为了更好地说明皮埃尔·埃马纽埃尔的意思。

埃马纽埃尔刚才说过，他的诗歌受到了"基本的象征符号和远古神话"的滋养。就是一块贴上类比意象的织物：

话语，在人类之前升起。未曾诞生
但从诞生的水中浮现，映照着自己
它听见的仍然在嘴中
在它出现的源头之处，却来自它。[1]

诗人笔下意象的特点以及他的"法国诗歌特色"，其实和博斯凯一样，是具象词语和抽象词语的共生，还有两个词项的距离所造成的诗歌短路。因此，我们看到下面这些吟诵纽约灯光中的摩天大楼之美的诗句：

哦，夸张的玻璃幕墙，你几乎捕捉到了这种裸露
你颂扬这建筑之虚无
名无处不在，城市就是一台风琴，从无底之水中绽放出来
或是被淹没在沉默固定不变的镜面中。[2]

1.《以利亚的感召》。——原注
2.《庆祝圣节的名义》。——原注

我们很快就会发现，埃马纽埃尔既是擅长意象的诗人，也是擅长节奏的诗人。也就是说，他也是擅长韵律的诗人，因为没有韵律，也谈不上节奏，哪怕韵律只是通过重复，通过"催生词"的效能来实现的，就像《风》里的五个诗节所呈现的那样：

然而，要传播这独特的瞬间需要多少时间
然而，要点燃一个动作需要多少时间
然而，要让开始终于发生需要多少时间
激发并迅速熄灭的空无，通过这一切融化需要多少时间。

"时间（temps）"和"然而（pourtant）"在不断重复，遥相呼应，构成了谐音。而且伴随着它们的还有同样遥相呼应，构成谐音的"瞬间（instant）"、"动作（mouvement）"、"开始（commencement）"和"熄灭（s'éteignant）"。

这是一个极端的例子。但是《闭嘴》和埃马纽埃尔此前的诗集一样，有非常多的"让人愉悦的"诗句和诗节，其原因就是它们具有美好的韵律，诗人就像一个神，在意义间嬉戏，在声音、词语间嬉戏。更是在节奏间嬉戏。

非常矛盾的地方在于，在读到《闭嘴》，后来又读到《怀疑与宽恕之书》的时候，最让我感到意外的却是让这两部诗集绽放出活力的节奏，我说的"绽放出活力"，用的是其词源意义上的意思。对于欧洲人来说是非常矛盾的；但对于我来说并不矛盾，因为我就是节奏之子。尤其是我在博斯凯的笔下看到了斯拉夫的特点，而在埃马纽埃尔笔下看到了地中海特征——

我就不说"西方性"了。如果仍然以埃马纽埃尔为例，他尤其引人注目的地方，并不是对"催生词"的重复使用，而是他的灵活性，那种如同摇摆一样，打破平行的不对称性：

但为什么我，我也跟随了**你**？

为什么我，即使不是自愿成为你的门徒，至少被迫成为你的证明者？

为什么我只会谈论**你**？**你**对我来说是不可思议的，为什么当我试图一直思考下去时，我会摸索地朝着**你**前进？

我们必须注意到，"催生词"不仅仅是"为什么"，还有一个首字母大写的"你"，强调的是在对话之中，而且也强调了对话者的威严。对于第一个催生词来说，第四个"为什么"尤其重要，因为它是在第三行诗的结尾处，读者没有预料到，所以它用一种断裂的方式造成了冲击。而对于"你"来说，冲击是双重的，因为第二个"你"和第三个"你"造成了双重的断裂，这里也是一样，读者没有料到在这样的特定时刻，会有这两个"你"的出现。

*

我简短地总结一下。

我希望能够说服读完这封信之后再去阅读《哀歌》的读者。如果说，和此前的诗集一样，我也把这部诗集置于法语——但更是世界——文学的背景中，尤其是将重点放在黑非洲上，就是为了将他们还原到 20 世纪的真相：还原到具有普遍意义的文明之中。

亲爱的朋友们，我们虽然根植于自身的民族和不同的文化中，但实际上，我们歌唱的同样的物质，以聚合的——我就不说是一模一样的了——方式歌唱，这绝非偶然。我们歌唱的不就是这些关键的物质，歌唱的不就是这些以感性的外表为基础的存在吗？有本事通过超越自身来转化为更完整、更人性化的存在吗？我们歌唱的不就是这种诗性的话语吗？这是这多元的话语通过将我们转化为诗人，也将这些存在转化为神性的存在？……

让-克洛德·雷纳尔谈到"魔咒"的时候，他说的很有道理，越过拉丁语的"诗歌（carmina）"[1]，转回古希腊的源头，转向古希腊的 thelgein（魅惑），就像我们，我们黑非洲的人，我们始终保持言说的魔力。正是在这一点上我们相逢了，你们和我们，黑人的法语诗人。我们当然用过"令人震惊的意象"，但是我们超越了它，我们赋予它以"美好言说"的形式：节奏和韵律的和谐一致。

因此，这个世纪末的主要问题并不如我们这几年宣称的那样，是"国际经济新秩序"，如果我们没有把话语还给所有大陆、所有种族、所有文明的所有人，所谓的"国际经济新秩序"就不会实现。我说的是，诗性的话语可以建立经济新秩序——我们当然得吃得好——因为首先它可以建立世界文化的新秩序。我所说的话语是作为这个世界的新视野的话语，同

---

1. carmen 的复数形式，拉丁语，意为诗歌、歌唱等。

时也是一种泛人类的创造：我再最后说一遍，是一种多元的话语，因为这是不同文明的产物，是地球上所有民族共同创造的。

Œuvre poétique

© Éditions du Seuil, 1964 et 2006

2024 SHANGHAI TRANSLATION PUBLISHING HOUSE (STPH)

All rights reserved.

本书系上海文化发展基金会资助项目

入选"十四五"国家重点出版物图书出版规划

图字：09 - 2022 - 149 号

图书在版编目(CIP)数据

阴影之歌 / （塞内）桑戈尔著 ；袁筱一等译 ；袁筱
一，许钧主编. -- 上海 ：上海译文出版社，2024. 11.
（非洲法语文学译丛）. -- ISBN 978 - 7 - 5327 - 9612 - 0

Ⅰ. I434.25

中国国家版本馆 CIP 数据核字第 2024S6Z809 号

阴影之歌

［塞内加尔］桑戈尔 著 袁筱一 褚蔚霖 王婉媛 袁丝雨 译
责任编辑/黄雅琴 装帧设计/周伟伟

上海译文出版社有限公司出版、发行
网址：www. yiwen. com. cn
201101 上海市闵行区号景路 159 弄 B 座
上海盛通时代印刷有限公司印刷

开本 889×1194 1/32 印张 11.75 插页 2 字数 124,000
2024 年 11 月第 1 版 2024 年 11 月第 1 次印刷
印数:0,001—3,000 册

ISBN 978 - 7 - 5327 - 9612 - 0
定价:89. 00 元